POÉSIES

DÉDIÉES

A CEUX QUI ONT SOUFFERT

Par F^is BELLIER

PARIS

LIBRAIRIE ACADÉMIQUE

DIDIER ET Cie, LIBRAIRES-ÉDITEURS

35, QUAI DES AUGUSTINS.

VERSAILLES, BEAU JEUNE, LIBRAIRE.

—

1864

A TOUS CEUX

QUI ONT SOUFFERT,

Versailles, Imp. BEAU, rue de l'Orangerie, 36,

POÉSIES

DÉDIÉES

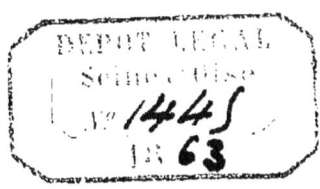
A TOUS CEUX QUI ONT SOUFFERT

Par Francis BELLIER.

PARIS

A LA LIBRAIRIE ACADÉMIQUE

DIDIER ET Cᴵᴱ, LIBRAIRES-ÉDITEURS

35, quai des Augustins.

VERSAILLES, BEAU JEUNE, LIBRAIRE.

—

1863

A LAMARTINE.

Dans les bois qui vibraient de sa sublime plainte,
Du chantre du printemps quand la voix s'est éteinte
    Au souffle aride de l'été ;
Quand, lassé de sa gloire et fuyant la lumière,
La flamme de son cœur se donne tout entière
    Aux soins de sa postérité ;

Devons-nous oublier, dans notre ingratitude,
L'instrument dont les sons charmaient la solitude
    Où, le soir, nous venions rêver,
Et, répandant sur nous un calme salutaire,
Jusqu'à des régions meilleures que la terre
    Semblaient vouloir nous élever ?

1

Lorsque la foule impie à l'insulter s'apprête,
Ah! protégeons plutôt la paix de sa retraite
Contre les armes des méchants ;
De ses tendres concerts célébrons le génie,
Et, remplis de son âme et de son harmonie,
Soyons les échos de ses chants !

Lamartine, poëte environné de gloire,
Pacifique héros qui vivras dans l'histoire ;
Sur ton nom, qu'on va blasphémer,
Quand le fiel de l'envie est prêt à se répandre,
Ainsi je sens ma voix s'armer pour te défendre,
Et mon cœur battre pour t'aimer.

Ne t'avons-nous pas vu calmer, dans leur colère,
Les sourds rugissements du lion populaire
Brisant le rempart de nos lois ;
Et, défiant l'émeute au péril de ta vie,
Imposer par ton geste à la foule asservie,
Et la dominer par ta voix ;

Puis, après avoir su gouverner cet orage,
Lorsque le flot humain eut repris son rivage,
Comme un océan irrité,
Résigner le pouvoir, le front haut, les mains pures,

Et, simple citoyen, abdiquer sans murmures
    Ta courte popularité ?

Chantre aux divins accords, ô mon hôte, ô mon maître !
A toi mes faibles vers que les tiens ont fait naître
    Par un écho mystérieux ;
Trop content si je puis, dans mon humble délire,
Tirer timidement, des cordes de ta lyre,
    Quelques accents mélodieux !

Lorsque, dans les ennuis de ma longue souffrance,
De mon esprit troublé s'échappait l'espérance
    Qui laissait le mal triomphant ;
Bien souvent, opposés à ma douleur amère,
Tes vers consolateurs ont à ma tendre mère
    Conservé son unique enfant.

Que de fois j'ai trouvé, dans tes nobles ouvrages
Dont la main n'a jamais à déchirer de pages,
    Le calme et la sérénité !
Combien de fois, la nuit, tes strophes immortelles
Autour de moi veillaient et, de leurs chastes ailes,
    Dans mon sommeil, m'ont abrité !

Et je pourrais, assis dans mon indifférence,
Oubliant et ma dette et celle de la France,

Grossir la liste des ingrats !
De ton disciple, oh ! non, ne crains pas cet outrage !
Dans mon âme, où sourit ta paternelle image,
    Jusqu'à ma tombe tu vivras.

Heureux qu'en te cherchant, mon filial hommage
Puisse, entre les écueils où t'a mis ton naufrage,
    Adoucir ton adversité ;
Et que, seule espérance où mon amour prétende,
Tu daignes accepter ma trop modeste offrande
    Honteuse de sa pauvreté.

Mais, au seuil de l'hiver, la triste poésie
Qui va, de fleur en fleur, choisir son ambroisie,
    Ne ramasse que peu de miel ;
Mais tu sais comme moi que la muse chrétienne
N'a jamais de lien qui, par l'or, la retienne,
    Et que son trésor est au ciel.

APOLLON CHEZ ADMÈTE

ÉTUDE ANTIQUE.

Au fond des cieux ternis par les pleurs de l'aurore,
La nuit silencieuse est souveraine encore :
Quand, au premier signal parti de l'orient,
Les voiles, que ses pas entraînent en fuyant,
Ont roulé dans leurs plis, où l'ombre les protége,
Des astres fatigués le pâlissant cortége.
De la cime des monts la lumière du jour
Aux vallons vaporeux descend avec amour,
Et, mêlée aux parfums de la terre embellie,
Eclaire lentement l'heureuse Thessalie.
Les couples fortunés des paisibles pasteurs
Reposent sur des lits qu'ils ont semés de fleurs,
Et des songes pareils, conduits par l'espérance,
Répandent sur leur âme une même influence,
Afin qu'ils soient encore unis dans leur sommeil,
Et, sans s'être perdus, se trouvent au réveil.
Mais Apollon, resté sous l'arbre solitaire
Qui de Daphné pudique enferme le mystère,

Ne veut point partager le repos des mortels
Dont la main doit, un jour, lui dresser des autels.
En vain banni des cieux, sa gloire s'est éteinte,
Il en porte toujours l'ineffaçable empreinte.
Gardant le souvenir de son pouvoir tombé,
Son œil suit, dans l'azur, le disque de Phébé
Qui vient, au bord du ciel où sa marche s'arrête,
Montrer à l'exilé sa tendresse inquiète,
Et, rassemblant sur lui ses feux prêts à tarir,
D'un regard fraternel veut encor le couvrir.
Il pense au char brûlant qui porte la lumière
Et de l'espace entier dévore la carrière :
Il va bientôt paraître à l'horizon joyeux,
Et ses coursiers sans lui vont monter dans les cieux.

A ce noble regret, son front pesant s'abaisse ;
La tristesse renaît dans son cœur qu'elle oppresse ;
Et, de l'humanité connaissant les douleurs,
Sur ses divines mains il sent rouler des pleurs.
Alors l'astre du jour, sortant du sein des ondes,
Projette un rayon d'or sur ces larmes fécondes,
Et la lyre, instrument des échos douloureux,
Compagne dont la voix répond au malheureux,
Présent sacré du ciel, promis à la souffrance,
Pour consoler un dieu, sous ses doigts prend naissance.
Le dieu se sent revivre en écoutant frémir

Les cordes où le vent avec lui vient gémir;
Son regard s'est rempli de la sublime flamme
Que l'aube donne au monde et le génie à l'âme;
Et, comme un prisonnier qui, se cachant ses fers,
Oublie, en les chantant, les maux qu'il a soufferts,
Empruntant les accords de la sphère infinie,
Sa plainte, au fond des bois, se perd dans l'harmonie:

« Profondeurs de l'éther, célestes régions,
Sommets noyés de feux, lumineuses vallées
Où ma course traînait deux éclatants sillons,
Sous les splendeurs sans fin des voûtes étoilées !

Abîmes de la vie, océan éternel
Dont la source par moi s'épanchait dans l'espace,
Temples, brillants parvis du séjour paternel
Où le soleil, sans guide, a pleuré ma disgrâce !

Puisque chez les humains je me vois exilé,
Que n'ai-je, en vous quittant, perdu votre mémoire !
Pourquoi l'œil ébloui, quand l'astre s'est voilé,
Conserve-t-il encor l'image de sa gloire ?

Si je vous oubliais, je pourrais être heureux.
Loin de moi, vains désirs, divinité, puissance !

Au milieu des bergers, soyons simples comme eux ;
Dieux, qui m'avez puni, donnez-moi l'ignorance !

De ces pâtres obscurs donnez-moi la candeur !
Leur terre a des aspects et des fruits pour leur plaire,
Et, sans lever les yeux vers un autre bonheur,
Ils trouvent assez beau le jour qui les éclaire.

Ils aiment leurs forêts, leurs monts à l'horizon,
L'arbre, au milieu du champ, qui leur prête son ombre,
Où l'ami de leur cœur, sur le même gazon,
Des heures et des jours leur fait perdre le nombre ;

Les fleurs, l'azur de l'air, le fleuve transparent
Dont les flots sont pour eux l'image de la vie,
Leur cabane où l'amour leur sourit en entrant,
L'amour, le seul trésor que le ciel leur envie.

Mais un dieu détrôné, pour partager ses feux,
Ne trouve pas un sein où sa tête repose ;
Tous les cœurs semblent froids, quand il s'approche d'eux,
Et sa triste grandeur à leur pitié s'oppose.

Sa main ne s'unit pas à la main d'un ami.
La vierge, quand son souffle à peine l'a touchée,

Se glaçant dans ses bras, ne vit plus qu'à demi,
Et reste, sous ses pleurs, à la terre attachée.

O fille de Pénée! avec toi, dans ces lieux,
Mon exil m'eût semblé plus beau que ma patrie;
Mon regard, dans le tien, eût retrouvé les cieux;
Et d'un divin amour un dieu t'aurait chérie.

Et si l'Olympe enfin, me rendant mes honneurs,
Rallume les rayons qui couronnaient ma tête,
Tout l'éclat de sa gloire, en payant mes malheurs,
N'eût point changé pour toi l'ancien berger d'Admète.

Me rappelant toujours ma retraite ici-bas,
Je serais descendu, le soir, dans ta vallée,
Loin des flots de Thétis, m'endormir dans tes bras,
Et, chaque nuit, ma sœur pour nous se fût voilée.

Pourquoi, fermant ainsi ton âme à mes douleurs,
As-tu donc refusé d'adoucir ma misère?
Pourquoi t'abandonner à tes jeunes frayeurs,
Quand je n'avais pour toi qu'amour et que prière?

Sous le triste rempart où se plaît ta fierté,
Tu veux donc à jamais devenir insensible;

1.

Et, perdant, sans regret, ta forme et ta beauté,
Rendre, malgré mes vœux, ma tendresse impossible ?

Mais, comme les humains qui cessent de souffrir,
Puisque, pour échapper au poids de sa pensée,
Un dieu ne peut, hélas ! oublier ni mourir ;
Ton image en mon cœur sera toujours tracée.

Vénus ne pourra plus m'asservir à sa loi ;
De son fils, désormais, je méprise les armes ;
Ma lyre consolante, en me parlant de toi,
Seule aura mon amour, mes soupirs et mes larmes.

Daphné partagera mon immortalité :
Le laurier, fleurissant plus beau dans la tempête,
Doit des siècles ingrats braver l'impiété,
Et la foudre, en passant, respectera sa tête ;

Son feuillage sacré ne me quittera plus :
Emblème de la gloire, où le génie aspire,
Il ornera le front des poëtes élus,
A qui je dois léguer la douleur et la lyre. »

Cependant le soleil, montant à l'horizon,
Jetait ses diamants sur l'humide gazon,
Et, cherchant, pour s'unir, l'âme de la nature,

Eveillait dans les bois un amoureux murmure.
De la brise et des mers l'hymne aux doubles accords,
Apporté par le fleuve, expirait à ses bords.
Des feux vivants du ciel inondant leur paupière,
Les aigles voyageurs nageaient dans la lumière
Dont les flots, se brisant sur le sommet des monts,
Jaillissaient dans l'azur en gerbes de rayons.
Les pasteurs, de leur bras entourant leurs compagnes,
Descendaient les troupeaux au versant des montagnes.
Attirés par le chant dont les sons inconnus
Révèlent l'harmonie à leurs sens ingénus,
Ils regardent de loin, retenant leur haleine,
Et cherchent vainement la voix qui les enchaîne.
Devant leurs pas surpris le son paraît s'enfuir;
L'air leur apporte encor comme un dernier soupir;
Et, sous l'arbre nouveau dont la tête s'incline,
Comme pour accepter la promesse divine,
Ils trouvent à leurs pieds le sonore instrument
Dont la voix ne rend plus qu'un long gémissement,
Et, mourant sur la pierre où son âme transpire,
Lui donne l'harmonie, au moment qu'elle expire.

Alors on ne vit plus l'hôte mystérieux
Qui laissait aux mortels sa lyre pour adieux,
Et chez les doux pasteurs naquit la poésie,
Don qu'a versé du ciel la coupe d'ambroisie.

Dépouillant aux regards sa longue obscurité,
Ainsi l'ardent génie, en sa course arrêté,
De l'ombre où sa douleur en pleurant le féconde,
Tranquille et radieux se lève sur le monde,
Et laisse, aux régions où son soleil a lui,
Une immortelle voix, pour parler après lui.

PETITS ENFANTS ET JEUNES FLEURS.

Du foyer des célestes flammes
Quand descendent les jeunes âmes ;
Quand du soleil les chauds rayons
Font reverdir prés et sillons ;
Du sein béni des douces mères,
Du front des printemps éphémères
Tombent, pour nous rendre meilleurs,
Petits enfants et jeunes fleurs.

Enfants, pour adoucir nos heures,
Vous fleurissez dans nos demeures ;
Roses, pour nous dire : Espérez !
Dans nos sentiers vous vous ouvrez.
Après notre peine si dure,
Après les vents et la froidure,
Venez sourire à nos douleurs,
Petits enfants et jeunes fleurs !

Mais quand les enfants et les roses,
Jeunes encore, à peine écloses,
Dans nos jardins, sur nos genoux,
Donnent leurs parfums les plus doux ;
Du sein d'un funeste nuage,
Souvent le souffle de l'orage
Effeuille, sur la terre en pleurs,
Pauvres enfants et pauvres fleurs.

Alors si, dans notre souffrance,
Apparaît la blonde espérance,
Notre œil, fixé sur des tombeaux,
Se lève vers des cieux plus beaux,
Et, perçant la voûte azurée,
Voit remonter vers l'empyrée,
Sur l'arc-en-ciel aux sept couleurs,
Petits enfants et jeunes fleurs.

Où va l'enfant ? où va la rose ? —
Bien loin de la terre morose,
Dans les jardins où tout fleurit,
Où jamais rien ne se flétrit :
Là, parmi les saintes phalanges
Des bienheureux et des archanges,
Brillent d'éternelles splendeurs,
Petits enfants et jeunes fleurs.

ÉPITAPHE.

Heureuse celle qui, brillante à son aurore,
Avant d'avoir connu le trouble et les combats,
Du profane ignorée, et calme et pure encore,
Laisse, d'un pied léger, le vallon où ses pas
A peine étaient empreints, où sa beauté cachée
N'a vécu qu'un printemps ; abandonnant les chœurs
Formés, dans les beaux jours, avec ses jeunes sœurs,
    Comme une rose détachée
    D'une tresse de blanches fleurs !

UN SACRIFICE.

L'Eglise ouvre au grand jour son parvis solitaire;
Des rayons lumineux dorent le sanctuaire;
Et, soleil entouré de sept astres de feu,
Le sacré tabernacle, au centre du saint lieu,
Inonde de clartés les lampes éternelles
Que des anges flottants balancent sur leurs ailes.
Le marbre de l'autel se cache sous les fleurs,
La pourpre des tapis étale ses couleurs :
Tout semble préparé comme aux saintes journées,
Quand le temple reçoit les foules prosternées.
Mais la nef est déserte; à peine l'on entend
Les pas d'un confesseur que suit son pénitent,
Et, sur l'humble pavé, les grains noirs du rosaire
Où le pauvre à genoux sait lire sa prière.
Les prêtres ne sont pas dans les stalles du chœur,
Pour chanter lentement les gloires du Seigneur;
Ni les voix, ni l'encens que parfume la flamme
Ensemble, avec le ciel, ne montent avec l'âme :

Car Dieu n'a point de part aux pompes de ce jour,
Et, revêtant l'aspect d'un profane séjour
Où passent, pour briller, les vanités du monde,
L'enceinte disparaît sous le flot qui l'inonde.
C'est qu'en face du Christ, le pasteur vient unir
Les jeunes fiancés que le Ciel va bénir.
L'austère gravité de la cérémonie
Semble, auprès de la fête, une sainte ironie
Qui dit à l'homme heureux qu'éblouit l'avenir :
« Souviens-toi qu'ici-bas tout amour doit finir !
En vain le cœur mortel, oubliant sa nature,
Croit à la volupté, toujours tranquille et pure;
Le cœur qu'il a choisi, pour y verser l'amour,
Sous ses feux impuissants peut se glacer un jour;
Avant la fin du soir, la fleur, qu'on a cueillie,
A penché tristement sa couronne pâlie,
Et le calice d'or, qu'un soleil a séché,
Crie et roule en poussière aux doigts qui l'ont touché!»
La femme, dont le cœur est plus pur et plus tendre,
En venant à l'autel, sans doute a dû comprendre
Cette grande leçon ; car dans son œil voilé,
A travers l'espérance, une larme a tremblé.
Mais le jeune homme ardent, que la beauté captive,
Ne sait pas incliner une tête pensive;
Sans crainte et sans regrets, dans la nuit du passé
Le poids des souvenirs de son âme a glissé :

Et qu'importe à l'aiglon la tige languissante
Qui, trop faible, a ployé sous son aile puissante !
Qu'importe au voyageur, quand le soleil a lui,
La douce lune en pleurs mourant derrière lui !
Une autre vierge est là, près de la fiancée ;
Mais un voile obscurcit ses yeux et sa pensée ;
Sur ses traits, qu'a touchés l'ange de la douleur,
S'arrête par moments une morne pâleur ;
Dans le livre divin sa main tremble et s'égare,
Sans trouver la prière où l'âme se répare ;
Les pleurs, que sa fierté dévore avec lenteur,
Refoulés de ses yeux, retombent sur son cœur ;
La force, qu'elle avait pour vider le calice,
Semble épuisée avant la fin du sacrifice,
Et l'éternel serment, redit par les époux,
La fait, en l'écoutant, tomber sur ses genoux.
Tout finit, sans qu'on ait soupçonné sa torture :
Bientôt l'écho du temple a perdu son murmure ;
Le mystère du lieu reprend sa majesté ;
Il ne reste plus rien de la solennité
Que la faible vapeur que la cire odorante
Exhale tristement de sa flamme expirante,
Et les bouquets flétris aux mains des conviés,
Image des amours par le cœur oubliés !

Elle avait dix-huit ans : dans la sphère dorée

Où de luxe et d'orgueil la vie est entourée,
Le souffle du malheur, par un orage impur,
Du ciel de son printemps n'osait ternir l'azur ;
A peine elle sentait s'envoler de la terre
Ses beaux jours n'emportant, sur leur aile légère,
Que la joie et la paix, l'innocence et l'espoir,
Entre l'hymne pieux du matin et du soir.
C'était, avec ses sœurs, de douces causeries ;
C'était, dans les grands bois, de molles rêveries ;
Ou bien, près du foyer, les récits du vieux temps
Que redisait l'aïeule à ses petits-enfants.
Son âme s'éveillait au solennel murmure
Qu'exhale, avec amour, la voix de la nature,
Et mêlait au concert de la création
De ses premiers accents la tendre émotion.
L'insecte bourdonnant ; la fleur qui vient d'éclore ;
La brise gémissant dans le sapin sonore ;
Les soins du laboureur ; l'ouvrage que finit
L'abeille dans sa ruche et l'oiseau dans son nid ;
Le mendiant courbé regagnant sa chaumière ;
Le papillon nouveau quittant, pour la lumière,
Le sommeil et la nuit de sa captivité,
Symbole du printemps par l'hiver enfanté ;
La cloche du hameau tout rempli d'harmonie
Pleurant sur la naissance ou bien sur l'agonie ;
La moisson dans les champs ; l'herbe sur les tombeaux ;

Tout ce qui fait sortir de l'air, des prés, des eaux,
De la sombre forêt par le vent balancée,
Des parfums pour les sens, des bruits pour la pensée,
Rencontrait dans son sein l'écho mystérieux
D'où les sons d'ici-bas sont renvoyés aux cieux !
Et celui qu'elle aima vint ajouter pour elle
A l'aube rajeunie une clarté nouvelle :
L'air lui parut plus bleu, le gazon plus épais,
Le ruisseau protégé de plus d'ombre et de paix.
La lune confidente éclairant la vallée,
Lui sembla revenir dans la nuit étoilée,
Pour baigner doucement, de sa tiède lueur,
Son front pur qu'a rougi le trouble de son cœur.
A chaque impression qui la laissait ravie,
Le monde s'animait de sa nouvelle vie,
Et, comme la jeune Ève errante au bel Éden,
Elle voyait des fleurs lui tracer le chemin.
Du perfide avenir encore insoucieuse,
Son rêve l'entraînait sur la pente oublieuse
Où le premier amour nous berce et nous endort,
Entre les plis de l'onde et les arbres du bord ;
Mais le sable succède aux roseaux sur la plage,
Au songe le réveil, à l'azur le nuage ;
L'illusion sourit devant l'œil abusé,
Mais il maudit le jour quand le prisme est brisé !
La première douleur, dont le mot désenchante,

Vient de se révéler à l'âme de l'amante ;
Le nœud qu'elle formait vient de se délier ;
Un peu d'or a suffi pour la faire oublier !
A ce triste abandon, tout son bonheur se brise ;
A s'y reprendre, hélas ! en vain elle s'épuise,
Demandant à l'espoir encore un lendemain ;
Les débris dispersés lui déchirent la main !
Encor, si, pour calmer sa douleur endormie,
Elle sentait tomber les pleurs d'une âme amie
Qui, sachant compatir aux blessures du cœur,
Au milieu de la nuit, vienne comme une sœur ;
Si le monde importun qui vous force à sourire,
Et pour qui le regret n'est qu'un pieux délire,
De son front incliné respectant la pâleur,
Ne la contraignait pas à cacher sa douleur !
Mais les couples joyeux, qu'épargna la souffrance,
Interrogent en vain leur stérile ignorance ;
Ils ne comprennent pas qu'au matin de nos jours,
Un chagrin sans espoir puisse en troubler le cours ;
Et l'homme détrompé, que la vie a fait sage,
Dont l'incrédulité croit savoir davantage,
Dans son orgueil aride oubliant le passé,
Vient pétrifier tout de son souffle glacé,
Et veut, parce qu'en lui toute flamme est éteinte,
Nier les passions dont il porte l'empreinte.
On plaint le malheureux dépouillé de ses biens,

L'exilé cherchant l'air qu'ont respiré les siens,
L'orphelin prosterné sur une double tombe,
La veuve sans appui, la beauté qui succombe
Et passe résignée après la nuit d'un bal,
Des baisers de sa mère au linceul virginal :
Et toi qu'on n'aime plus, victime moins heureuse,
Qui vis dans le néant que le chagrin se creuse,
Il te faut rester seule avec tes souvenirs,
Et dans ton sein brûlant étouffer tes soupirs !
Lorsque si jeune on voit s'envoler ses chimères,
Les larmes qu'on répand sont bien les plus amères ;
Brisé de ce grand coup, le cœur peut tout souffrir ;
C'est après celui-là qu'il voudrait tant mourir !
Ah ! si c'était assez pour éteindre la vie,
L'excès de ton supplice, hélas ! te l'eût ravie,
Le jour où, t'imposant son courage inhumain,
Le monde à te parer força ta triste main,
Pour venir assister plus belle à l'hyménée
Où, dans ton jeune amour, tu te crus destinée !
Mais lorsque, sans pudeur pour ses cheveux blanchis,
Promettant les plaisirs à tes jours enrichis,
Le vieillard, dont les soins ont guidé ton enfance,
A ton isolement offrit son opulence,
Et, de son froid baiser profanant ta douleur,
Osa prendre ta main, sans prétendre à ton cœur ;
Quand, pleurant sans retour ta jeunesse éphémère,

N'ayant auprès de toi ton père ni ta mère,
Vaincue, on te traîna, pour ce pacte odieux,
A quelque autel obscur, bien loin de tous les yeux,
Oh ! l'on fut trop cruel, et tu fus sans défense !
Deux êtres seuls ont pu comprendre ton silence :
C'est celle dont les bras t'ont servi de berceau,
Qui rêvait pour ta vie un avenir si beau ;
Et peut-être, dans l'ombre, une âme de poëte
Sur une âme en souffrance à gémir toujours prête !

NOEL

A LA MÉMOIRE D'ARY SCHEFFER.

I

Rome insolente a subjugué la terre ;
Elle l'étreint mourante sous la serre
   De son despotisme odieux.
Peuples vaincus, victimes de sa gloire,
Nous attestons son immense victoire
   Et le triomphe de ses dieux.

Pour adorer la grande Babylone,
Nos rois captifs descendent de leur trône
   Et suivent le char des vainqueurs.
On nous arrache au sol de nos patries,
Et, dispersant nos familles chéries,
   Sans pitié l'on brise nos cœurs.

Aux jeux du cirque alors on nous convie ;
La multitude a soif de notre vie.

Douce Argos, en pensant à toi,
Le condamné laisse échapper ses armes;
Et nous mêlons notre sang à nos larmes,
Pour amuser le peuple-roi.

Grec ou Germain, Gaulois ou Scandinave,
Pour ces tyrans on n'est qu'un vil esclave,
Quand on n'a pas le nom romain.
Après le tigre, on nous jette aux murènes;
Car il leur faut, au retour des arènes,
Des mets nourris de sang humain.

Les opprimés sont las de la prière :
Pour écouter les plaintes de la terre,
Il n'est donc plus de Dieu vengeur ?
Ces conquérants, que le Ciel semble absoudre,
A Jupiter ont arraché la foudre :
Aux vaincus opprobre et malheur !

La femme aussi, qu'on prend sans la connaître,
Est une ilote à la merci d'un maître;
Les affronts abreuvent ses jours.
Quand d'un époux l'ardeur s'est refroidie
On nous délaisse ou l'on nous répudie,
Pour essayer d'autres amours.

Nous qui souffrons dans nos corps, dans nos âmes :
Enfants sans mère, esclaves, faibles femmes,
    Quel sage nous consolera ?
Déshérités dans le commun partage,
Pour nous donner notre part d'héritage,
     Quel homme ou quel Dieu nous viendra ?

II

Il est venu pour vous, homme et Dieu tout ensemble ;
Humbles et délaissés, c'est à vous qu'il ressemble.
Entre l'âne et le bœuf, la force et la douceur,
Dans une étable est né cet immortel Sauveur.
Les bergers à sa crèche ont porté leurs hommages
Les premiers ; après eux sont venus les rois mages ;
Car lui seul il préfère aux heureux les souffrants,
La chaumière au palais et les petits aux grands.

Souverain sans sujets, conquérant sans épée,
Il ne règnera pas sur la terre usurpée.
Annonçant aux mortels le royaume des cieux,
Sa voix fera crouler les autels des faux dieux.
L'univers entendra sa parole féconde.
Ses bras sont assez grands pour embrasser le monde.
Dans son immense amour confondant les humains,
Tous seront consolés et bénis par ses mains.

2

Aux maîtres il dira : Votre esclave est un frère,
Car il est votre égal aux yeux de Dieu mon père,
Et peut-être il sera placé plus près de lui,
Quand du jour éternel le soleil aura lui.
Au pauvre il prêchera la sainte patience,
Qui des maux supportés attend la récompense
Et sait qu'il ne faut pas, dans notre humanité,
Vouloir des biens du sort l'impossible équité.

Il aura des pardons pour toutes les faiblesses,
Pour toutes les douleurs d'ineffables caresses.
Trois préceptes feront l'ensemble de sa loi :
L'ardente charité, l'espérance et la foi.
Ici son doux regard fera tomber la pierre
Devant le repentir de la femme adultère;
Là ses lèvres diront ces simples mots touchants :
Laissez venir à moi tous les petits enfants.

Quand sa religion, de son sang fécondée,
Sur un monde nouveau partout sera fondée,
On pourra voir les rois, domptant leurs passions,
Régner non plus pour eux, mais pour les nations.
Un saint congrès fera, de rivage en rivage,
Devant la liberté reculer l'esclavage,
Et le noir, affranchi des maux qu'il a soufferts,
Sentira de ses bras se détacher les fers.

La femme, retrouvant sa dignité perdue,
A l'infâme marché ne sera plus vendue ;
Compagne d'un époux, dévouée à ses jours,
Jusqu'au terme fatal elle en suivra le cours,
Sans craindre désormais que, pour une autre épouse,
On livre à l'abandon sa tendresse jalouse,
Ou que quelqu'étrangère, admise par les lois,
Vienne usurper sa place ou partager ses droits.

Subjugués par la paix, les hommes moins barbares
Du sang de leurs voisins se montreront avares :
La lice des combats ne devra plus s'ouvrir
Que pour sauver un peuple, et non pour conquérir ;
Et sans doute qu'un jour la fraternité sainte,
Embrassant l'univers dans une même étreinte,
Unira les mortels par de sacrés liens,
Et les baptisera du seul nom de chrétiens.

III

A toi, peintre poëte, à ta douce mémoire !
Si nous t'avons perdu, ton génie et ta gloire
    Vivront pour nous parler de toi.
Oh ! que de fois ton âme a fait vibrer mon âme,
Quand elle contemplait ton œuvre dont la flamme
    Venait se refléter en moi !

Rêves tombés du ciel, créations sublimes !
Ici Jésus obscur dédaignant, sur les cimes,
    L'éclat du monde et ses grandeurs ;
Plus loin, saint Augustin et sa mère Monique
Faisant jaillir en haut, dans un élan mystique,
    L'amour qui consume leurs cœurs.

Là tes pauvres Mignon pleurent leurs deux patries,
Et nous font partager les saintes rêveries
    Dont l'ombre vient voiler leurs fronts :
L'une semble entrevoir une terre plus belle ;
L'autre paraît ouïr le cri de l'hirondelle
    Dont le vol plonge aux cieux profonds.

Empruntant les couleurs de l'inflexible Dante,
Quand tu peins, dans l'enfer, les tourments de l'amante
    Regrettant son bonheur d'un jour,
Tu sais à Francesca prodiguer tant de charmes,
Que ses yeux éplorés nous arrachent des larmes
    Et le pardon de son amour.

Vierge et fleur à la fois, voici ta Marguerite
Dont le regard candide à son ciel nous invite
    Et dans l'infini semble errer...
Mais je vois, méditant la chute de cet ange,

Faust et Satan qui vont l'entraîner dans leur fange...
      Sur elle, ah! laissez-moi pleurer !

Et ton Christ aux douleurs, calmant, de sa parole,
Les plaintes des mortels qu'à lui seul il console,
      Foyer de ton âme, ô Scheffer!
Rêveur enfant du Nord, adopté par la France,
Dis-nous, pour exprimer aussi bien la souffrance,
      Ami, qu'avais-tu donc souffert ?

L'ÉCHO.

Près de la vieille église,
Tout au fond du vallon
Où vient dormir la brise
Et jamais l'aquilon ;
Une voix solitaire,
Si vous l'allez chercher,
Vous semble, avec mystère,
Sortir du noir clocher.

Quand le bruit du village
Enfin s'est apaisé ;
Que l'air, dans le feuillage,
Le soir, s'est reposé,
A chaque voix tremblante
Qui l'interrogera
Cette voix consolante
Aussitôt répondra.

A la jeune promise
Dont le soin curieux
Sous son front se déguise

Pour échapper aux yeux,
Disant tendre et rêveuse :
« Cet époux de mon choix
Me rendra-t-il heureuse ? —
    Heureuse ! »
A répondu la voix.

A l'épouse isolée
Pleurant dans son exil,
Qui dit dans la vallée :
« Hélas ! reviendra-t-il,
Celui que je préfère,
M'aimer comme autrefois ?
Mon cœur en désespère. —
    Espère ! »
A répondu la voix.

A la craintive mère,
Faisant, avec ferveur,
Au Ciel cette prière :
« Que mon enfant, Seigneur,
Soit fidèle à ta cause
Et soumis à tes lois !
Dois-je y croire ? Je n'ose. —
    Ose ! »
A répondu la voix.

A ce pauvre poëte,
Disant pour surmonter
Sa pensée inquiète :
« Pourquoi me tourmenter,
Regrets, vaine folie
Où je sens trop parfois
Que mon âme s'oublie ? —
    Oublie ! »
A répondu la voix.

A la noble comtesse
Du vieux manoir voisin,
Qui craint que sa richesse
N'irrite le besoin,
Et dit : « Que je sois bonne,
Et qu'en portant sa croix
Le pauvre me pardonne ! —
    Donne ! »
A répondu la voix.

A l'âme timorée
Disant, dans sa frayeur,
Pour être rassurée
Par son ange sauveur :
« Comment savoir moi-même
Si, digne de son choix,

Dieu me protége et m'aime ? —
　　Aime ! »
A soupiré la voix.

Quittant la vieille église
Et le fond du vallon
Où vient dormir la brise
Et jamais l'aquilon ;
Cette voix solitaire,
Que vous veniez chercher,
Vous semble, avec mystère,
Rentrer au noir clocher.

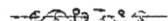

POUR L'INAUGURATION

D'UNE

CHAPELLE

A NOTRE-DAME DE LA CÔTE-DES-BUIS, A LAVIGNY (JURA).

Se levant au sommet de l'aride montagne
Qui porte la moisson de nos rameaux bénis,
Une étoile répand sur la verte campagne
Ses rayons que le jour n'aura jamais ternis.

C'est l'astre immaculé dont la douce lumière,
Dédaignant la grandeur et l'éclat des palais,
Descend de préférence éclairer la chaumière,
Pour y verser l'amour, la prière et la paix ;

Qui visite, le soir, les âmes délaissées,
Les fàibles, les martyrs, les pécheurs repentants ;
Leur ouvre le trésor des pieuses pensées,
Et des nuits sans sommeil leur abrége le temps ;

Qui vient, avec tendresse, adoucir les alarmes
Des veuves sans appui, des enfants orphelins,
Faisant monter aux yeux de précieuses larmes,
Pour alléger le poids qui pèse aux cœurs trop pleins ;

Qui peut calmer les vents et la mer en furie,
Quand il est invoqué des pâles matelots
Repoussés loin des bords de la mère patrie,
Sur un vaisseau fragile, à la merci des flots.

C'est la Vierge du ciel qui protége les vierges,
Leur donnant l'innocence et la candeur des lis,
Et leur apparaît blanche à la lueur des cierges,
Illuminant leurs fronts par sa grâce embellis.

De tous les affligés c'est la consolatrice,
L'espoir du laboureur, l'étoile du berger ;
Au trône de son Fils c'est notre ambassadrice,
Pour éloigner de nous la faute et le danger.

Et lorsque, fatigués, nous plions notre voile,
Touchant de notre exil le terme radieux,
C'est encor, c'est toujours cette divine étoile
Dont le rayon nous guide aux campagnes des cieux !

Sur cette gothique chapelle
Où t'inaugure notre amour,
Mère du Christ, rose immortelle!
Nous te saluerons chaque jour.

Quand sourira, sur la prairie,
Le mois que ton culte a nommé,
Nous t'offrirons, Vierge Marie!
De nos fleurs l'hommage embaumé.

Des ceps mûris sous tes auspices,
Quand viendra la fin de l'été,
Nous t'apporterons les prémices,
Le jour où ton nom est fêté.

O Notre-Dame de la Côte!
Sois notre mère, notre sœur;
Que chaque habitant soit ton hôte,
Riche ou pauvre, juste ou pécheur!

Veille d'en haut sur nos vignobles,
Nos prés et nos champs de maïs;
Sur les cœurs plus purs et plus nobles
De nos filles et de nos fils!

Fais régner chez nous la concorde,
Sous ton pacifique drapeau;
Bénis, dans ta miséricorde,
Et le pasteur et le troupeau !

LES SAINTES FILLES.

A MA VIEILLE AMIE, AU COUVENT DE *** , A PARIS.

Je ne suis pas de ceux dont la verve railleuse
Vient jeter l'ironie à la femme rêveuse
Qui, dans l'isolement, passe au milieu de nous,
Sans avoir pris sa place au foyer d'un époux;
Que jamais, égayant sa solitude amère,
Un enfant adoré n'appellera : Ma mère !
Et qui marche au hasard dans ce rude chemin,
Sans un bras dévoué pour appuyer sa main.

Si, faute d'un peu d'or, on ne l'a pas choisie
Pour porter sous un toit l'âme et la poésie,

Savez-vous si, caché sous un voile trompeur,
Un trésor n'attend pas un heureux possesseur,
Ainsi qu'en un filet, amené sur la rive,
La perle échappe aux yeux, sous l'écaille captive ;
Et si son cœur, qu'en vain elle veut comprimer,
N'a pas reçu du Ciel ce qu'il faut pour aimer ?

Et parmi ce troupeau d'âmes déshéritées,
Combien qui, par leur zèle humblement exaltées,
Refusent d'échanger, dans leur saint dévouement,
Leur doux nom virginal contre un nom plus charmant
L'une pour consoler le veuvage d'un père,
Ou pour être l'appui des vieux jours de sa mère ;
L'autre pour soutenir, du travail de ses mains,
Des frères en bas âge et comme elle orphelins.

Et ne plaindrez-vous pas la pauvre jeune fille
Qui s'arrache en pleurant, des bras de sa famille,
Et prononce, debout sur le seuil paternel,
Un adieu douloureux et peut-être éternel ?
Elle va, quelquefois sur la terre étrangère,
Acceptant pour les siens un modique salaire
Par d'ingrates leçons chèrement acheté,
A des indifférents vendre sa liberté.

Là, parmi les grandeurs d'une fausse opulence
Qui lui fait mieux sentir sa réelle indigence,
Elle subit les soins de la maternité,
Sans en goûter le charme et la félicité.
Contemplant le tableau d'un bonheur qu'elle ignore,
Elle a Dieu pour témoin des pleurs qu'elle dévore,
Et de son triste cœur les besoins renaissants
N'ont plus qu'un seul recours : l'image des absents.

Que d'heureux souvenirs, de regrets solitaires !
Voici qu'on va fêter ces gais anniversaires
Dont le retour pour elle avait tant de douceur.
Dans son rêve elle voit passer sa jeune sœur
Regardant tendrement, à la table dressée,
La place vide encor que sa sœur a laissée,
Et cachant à sa mère, avec un soin pieux,
Une larme furtive échappée à ses yeux.

Consacrant du chrétien l'ineffaçable empreinte,
Son frère déjà grand marche à la Table sainte,
Dans cette même église où sa mère autrefois
La menait toute enfant pour adorer la croix ;
Et ce jour solennel, le plus beau de la vie,
Que plus tard on rappelle avec un œil d'envie,
Loin de ce frère aimé, dans l'exil, aura lui,
Sans autre joie, hélas ! que de prier pour lui.

Son amour filial, éprouvé par l'absence,
Ne peut rien partager, ni bonheur, ni souffrance.
Peut-être ses parents, sans qu'elle l'ait appris,
Ont été plusieurs fois malades et guéris ;
Et, quand pour eux enfin viendra l'heure dernière,
Demandant quelques jours obtenus par prière,
Pourra-t-elle assez tôt leur porter ses adieux,
Par eux être bénie et leur fermer les yeux ?

Mais le soleil descend avec plus de vitesse,
Et pour toujours s'enfuit la trompeuse jeunesse ;
Le besoin du repos alors se fait sentir ;
A quitter sa carrière il lui faut consentir ;
Il faut sortir d'un monde aimé par habitude,
Pour s'effacer dans l'ombre et dans la solitude,
Mangeant le triste pain qu'elle a su ménager,
Sans ami pour le rompre et pour le partager.

Car la vie ou la mort a, pour la tendre fille,
Loin du toit paternel, dispersé la famille.
Elle revoit toujours, dans ses songes vivants,
L'ancien foyer sans feu, la maison sans enfants,
Ainsi que, dans l'hiver, le doux nid des colombes ;
Et ne retrouve plus à soigner que des tombes,
Jusqu'au paisible soir si longtemps attendu
Qui doit la réunir à ce qu'elle a perdu.

Et cet ange au cœur plein d'ineffable tendresse,
Qui du monde écartant la coupe enchanteresse,
Sacrifie en un jour : rêves de l'avenir,
Plaisirs, beauté, jeunesse et jusqu'au souvenir,
Pour vivre souriante au milieu des misères
De tous les affligés qu'elle a choisis pour frères,
Et changer, sans regret, sa couronne de fleurs
Pour le droit de chercher et d'adoucir des pleurs !

A chaque infirmité tout son zèle se donne :
Au petit innocent que sa mère abandonne ;
A l'orphelin qui lit dans son regard si doux,
Autant qu'au divin livre ouvert sur ses genoux ;
Au forçat qui, touché de son rôle sublime,
L'ose appeler : Ma sœur, en déplorant son crime ;
Au blessé que sa voix encourage à souffrir ;
Au vieillard épuisé, pour l'aider à mourir.

On la verra quitter, comme pour une fête,
Le rivage où l'épouse, où la mère s'arrête,
Pour aller, sans pâlir, sur le champ des combats,
Etancher de ses mains le sang de nos soldats ;
Ou, cherchant les dangers des missions lointaines,
Du sauvage aveuglé braver les sourdes haines,
Afin de rendre, au prix d'héroïques efforts,
La lumière à son âme et la vie à son corps.

De tous ces dévouements quel sera le salaire ?...
Le spectacle du bien qu'elle a fait sur la terre
Et le timide espoir d'un bonheur éternel
Auquel elle ose à peine aspirer pour le ciel.
Ah ! quand nous la voyons dans notre purgatoire,
Nous qui rêvons toujours la fortune et la gloire,
Inclinons-nous bien bas dans notre humilité...
C'est l'épouse du Christ, la Sœur de charité !

Vous aussi qui veillez dans la zone sereine
Où vous savez tirer, de la lyre chrétienne,
     De si nobles accents,
A vos sons inspirés souffrez que je réponde,
Et que, dans son déclin, ma muse peu féconde
     Rajeunisse à vos chants.

Lui pardonnerez-vous, si sa voix indiscrète
En vous a réveillé d'une douleur secrète
     Les échos ignorés,
Et rappelé de loin à votre âme attendrie
Le douloureux départ pour une autre patrie
     De ceux que vous pleurez ?

C'est que les joyeux chants pour elle ont peu de charmes.
Sur ses genoux, longtemps sillonnés par ses larmes,
     Son luth s'est détendu

Et ne rend plus, hélas ! sous ses mains épuisées,
Que les faibles accords et les notes brisées
     De son beau ciel perdu.

Sur le seuil du plaisir, timide elle s'arrête
Et craindrait de troubler, dans l'éclat de leur fête,
     Les couples radieux.
A ces splendeurs du monde elle reste étrangère,
Et des palais des grands la trop vive lumière
     Eblouirait ses yeux.

Mais, dans l'ombre, elle vit de ses douces pensées :
Cherchant, au sein des nuits, pour les âmes blessées,
     Des mots compatissants,
Elle puise au trésor des tendresses divines ;
Ou, tristement assise au milieu des ruines,
     Regrette les absents.

Elle dit au passant accablé par le doute :
« Posez votre fardeau sur le bord de la route,
     Je le soulèverai ; »
A celui que l'ennui jour à jour empoisonne,
Au cœur désenchanté que l'espoir abandonne :
     « Je vous consolerai. »

Que votre muse à vous, plus puissante et plus belle,
L'accueille en souriant et daigne au-devant d'elle
      Venir comme une sœur;
Puis, déroulant les plis de sa robe étoilée,
Lui montrer, dans son vol, la source dévoilée
      Du rayon créateur !

Car elle ouvre à vos yeux, qui fixent leur lumière,
Les saintes profondeurs de la céleste sphère
      Dans son immensité,
Et peut vous révéler, par la langue immortelle,
Comme au pâtre Jacob, la symbolique échelle
      De l'immortalité.

Par elle l'air s'emplit de suaves murmures,
De mystiques parfums et d'images plus pures
      Que la réalité ;
Et, grâce à son génie en merveilles fertile,
De songes consolants votre modeste asile
      Toujours est habité.

Ne vous plaignez donc pas de votre solitude
Où vos jours occupés s'écoulent dans l'étude
      Et l'inspiration !
Pour charmer du couvent la retraite bénie,

Vous savez tour à tour d'une double harmonie
  Sentir l'émotion.

Sur l'azur de ce lac, dont rien ne trouble l'onde,
Vous ne subissez pas les tempêtes du monde,
  Qui veulent leur tribut ;
Ni ces rivalités où le cœur se dessèche,
Où le sarcasme aigu, lancé commé une flèche,
  Siffle en perçant son but.

Vous ne connaissez pas, dans leur saveur amère,
Ces deux grandes douleurs et d'épouse et de mère,
  Dont rien ne les défend,
Et qui les font gémir sur leur couche déserte :
L'abandon d'un époux plus triste que sa perte
  Et la mort d'un enfant.

Au vrai culte du beau vos heures consacrées
S'écouleront toujours, doucement éclairées
  De paisibles lueurs.
Toujours, obéissant à votre fantaisie,
Vos deux divines sœurs, musique et poésie,
  Vous jetteront des fleurs.

DÉPART, ABSENCE ET RETOUR.

A Mlle ***.

DÉPART.

Sur la campagne monotone
Les corbeaux font planer leur voix ;
Et, sous le souffle de l'automne,
Pleuvent les feuilles de nos bois.

De la brume le voile humide
Vient attrister les gais matins ;
Des fleurs la corolle timide
Semble pleurer dans nos jardins.

De la nuit les froides rosées
Ont déjà blanchi les gazons ;
Le soir, des vapeurs ardoisées
Couvrent les vagues horizons.

Dans l'air muet rien ne s'éveille :
Ni le chant du petit oiseau,
Ni le murmure de l'abeille,
Sur la fleur, au bord du ruisseau.

On ne voit plus courir, dans l'herbe,
Le scarabée ou le grillon ;
Et, privé de son vol superbe,
Tombe le dernier papillon.

Comme dans la pâle nature,
Alors tout s'assombrit en vous ;
Et, sous nos arbres sans verdure,
Vous rêvez à des cieux plus doux.

Puis soudain, dépliant votre aile
Vers Paris la grande cité,
Vous allez, frileuse hirondelle,
Chercher un toit plus abrité.

Dans l'asile, où tout vous rappelle,
Demain nous chercherons vos pas,
Et nous verrons, à la chapelle,
La place où vous ne serez pas ;

Où vous veniez, chaque dimanche,
Révéler à Dieu votre cœur,
Et courber votre front qui penche,
Peut-être, hélas ! sous la douleur.

Car, dans cette triste vallée,
Nous portons tous notre fardeau ;
Au fond de notre âme voilée,
Nous avons tous quelque tombeau.

Vous partez : mais de la prairie,
Mais des bois vous vous souviendrez ;
Aux beaux jours du mois de Marie,
Nous l'espérons, vous reviendrez,

Avec la tendre violette
Et la pervenche et le muguet,
Avec la blanche pâquerette
Et l'églantine et le bluet.

Mais quand elle revient fidèle
Au doux nid des printemps passés,
Rarement la pauvre hirondelle
Revoit tous ceux qu'elle a laissés !

ABSENCE.

Sur la campagne désolée
Siffle la bise de l'hiver
Qui, chassant la neige étoilée,
La fait tourbillonner dans l'air.

On n'entend plus, dans la vallée,
Chanter doucement le ruisseau ;
Et, sur le bord, l'herbe gelée
Ne tremble plus au cours de l'eau.

Dans la forêt, les branches nues
S'entrechoquent au vent du nord ;
Et, sur le sol des avenues,
Tombe le givre et le bois mort.

Des femmes aux vêtements sombres,
Ployant sous leurs pesants fagots,
Passent, comme de noires ombres,
Entre les troncs blancs des bouleaux.

A l'horizon, l'astre livide
Pâlit comme un grand œil éteint ;

Bientôt s'étend la nuit rapide
Sur la nature qui se plaint.

Autour de nous quand tout s'attriste,
Quand l'ennui gagne notre cœur,
Au gai Paris, la ville artiste,
Avez-vous plaisir et bonheur ?

Au sein d'une joie éphémère,
Vous laissez-vous aussi charmer
Par l'éclat de cette chimère
Que le monde nous fait aimer ;

Ou, cherchant de plus nobles fêtes,
Par les vers de ces inspirés
Que la douleur a faits poëtes,
Et qui chantent quand vous pleurez?

Goûtez-vous les douces merveilles
De ces voix, de ces concertants
Qui font renaître, à vos oreilles,
La musique de nos printemps ?

Dans ces temples où tout inspire
L'amour et la fraternité,

Tendez-vous, avec un sourire,
La bourse de la charité?

Puis allez-vous pousser la porte
Des affligés, des indigents,
Comme l'ange qui leur apporte
La manne et les soins diligents?

Et, quand vous revenez légère
Du bonheur que vous avez fait,
Trouvez-vous tendre et familière
Une main qui vous attendait,

Une parole affectueuse,
Un cœur ami, près du foyer?
Oh! oui, puissiez-vous être heureuse...
Pas assez pour nous oublier!

RETOUR.

Sur la campagne rajeunie
Passe l'haleine du printemps
Qui rend au barde son génie,
A l'oiseau son nid et ses chants;

Aux grands bois leur séve embaumée,
Aux prés verts leur émail fleuri,
Et l'ombrage de la ramée
Au chemin creux privé d'abri ;

Aux jardins leur fraîche parure
Courbée en odorant berceau,
Au long saule sa chevelure
Que semble entraîner le ruisseau ;

A la fleur la modeste abeille
Recueillant sa douce moisson,
Et le papillon qui s'éveille
Humide encor de sa prison ;

Les gais troupeaux à la prairie,
A la chèvre son blanc chevreau,
Le lait à la vache tarie,
A la brebis son tendre agneau.

Dans le sein de la grande ville,
Sentez-vous cet air attiédi
Qui vient, plus pur et plus tranquille,
De notre horizon reverdi ?

De loin entendez-vous la brise
Et les voix des bois et des champs,
Qui, rappelant votre âme éprise
A de mystérieux penchants,

Disent : « Quittez ces murs arides,
Ce bruit et ces soins importuns,
Pour enivrer vos sens avides
D'azur, de chants et de parfums !

Venez à la belle nature,
Le matin, ouvrir votre cœur,
Par l'hymne que la créature
Fait remonter à son auteur !

Venez sentir le chèvrefeuille,
L'aubépine au long des sentiers,
Et l'humble muguet que l'on cueille
Pour entourer les bénitiers !

Allez guetter, sur la colline,
Le nouveau soleil s'approchant,
Et puis le voir, quand il s'incline
Sous les vagues d'or du couchant ;

Et que, dans son ciel plus modeste
Monte l'astre plus doux des nuits,
Comme un souvenir qui nous reste
De nos rêves évanouis;

Pendant que le rossignol veille
Au bord des vallons abrités,
Et qu'il chante, quand tout sommeille,
Excepté vous qui l'écoutez ! »

JOB.

Puissance irrésistible, insondable nature,
Principe inexpliqué de toute créature,
De chaque être naissant mystérieux berceau,
De chaque être mourant implacable tombeau,
D'où vient donc en ton sein cette source de vie
Sans cesse prodiguée aussitôt que ravie,
Et qui ne peut, hélas! se donner qu'un instant

Pour arriver ensuite à celui qui l'attend?
Quel est donc ce besoin d'enfanter pour détruire,
D'éteindre constamment ce feu que tu fais luire,
Et, pareille à la mer soumise, à tout moment,
A l'attrait répété d'un invincible aimant,
De retirer à toi, de la rive abusée,
Cette vague éternelle, après l'avoir brisée?
De quel double génie, infernal et divin,
As-tu reçu le mot que nous cherchons en vain?
De tout bien, de tout mal incroyable mélange,
Réunis-tu le cœur du démon et de l'ange?
Ou n'es-tu qu'une force aveugle en son pouvoir,
Agissant tristement sans entendre et sans voir,
Comme ce dieu de l'Inde, écrasant de sa roue
Celui qui sous son char follement se dévoue,
Et poursuivant sa marche à travers ses croyants,
Insensible à l'aspect de ces restes sanglants?
En effet, que te font, dans ton œuvre infinie,
Ces combats dont le choc en trouble l'harmonie?
Que t'importe ici-bas le cri de la douleur?
Ton but est l'existence, et non pas le bonheur.
Dans ce cercle fatal de joie et de souffrance
Dont, à nos yeux trompés, la crainte ou l'espérance
Obscurcit ou colore, à son tour, la moitié,
Je vois bien ta grandeur; où donc est ta pitié?
Ces principes puissants qui fécondent la terre :

L'air qui la rafraîchit, l'eau qui la désaltère,
Le feu qui rajeunit et réchauffe son sein,
Agents capricieux de ton obscur dessein,
De leur rôle oublié dépassant la limite,
Semblent impatients du frein qui les irrite,
Et déchaînent souvent leur courroux passager
Sur la création qu'ils doivent protéger.
L'air devient l'ouragan dispersant, dans l'orage,
Tous les dons de l'été renversés par sa rage.
L'eau devient le torrent tombé du haut des monts,
Ravageant les produits des fertiles vallons.
Le feu devient la foudre au choc irrésistible,
Lançant, dans son éclair, une mort invisible;
Ou le sombre volcan couvrant, pour le brûler,
Sous son flot infernal, le sol qu'il fait trembler!
Pour ces frêles enfants, dont tu peuples les mondes,
L'amour n'émeut jamais tes entrailles fécondes :
De soleil et de fleurs tu pares leur printemps,
Pour leur faire sentir l'hiver et les autans;
Tu couronnes leur front de grâce et de jeunesse,
Pour le courber bientôt sous l'affreuse vieillesse,
Et faire enfin servir leurs débris profanés
A former d'autres corps en naissant condamnés.
Un bouton gracieux apparaît sur sa tige;
Il s'ouvre : c'est la rose; à son charmant prestige,
Vers l'aube du matin, tout semble concourir :

Parfum pour l'embaumer, perles pour la couvrir;
Mais le rayon du ciel, dont la flamme vivante
Lui donne son éclat et son âme odorante,
Flétrissant son calice, à peine épanoui,
Éclaire, indifférent, son règne évanoui;
Et de la rose on voit la couronne brisée
Tomber couverte encor des pleurs de la rosée !
L'insecte aérien, plus brillant que sa sœur,
Qui, par elle attiré, se pose sur son cœur,
Et, fixant un moment son inconstante envie,
Va puiser dans son sein le miel avec la vie,
Use en quelques instants sa poétique ardeur
Et tombe, pour mourir, à côté de la fleur!
Dans les bois embaumés de leur séve nouvelle,
Le barde du printemps, par sa voix, se révèle :
Chantre du jour qui naît et du jour qui s'enfuit,
Il jette ses accords aux brises de la nuit;
Emblème de l'artiste ignorant son génie,
Il confie au désert sa puissante harmonie,
Dédaignant d'adoucir sa sauvage fierté,
Pour donner à son chant l'honneur d'être écouté.
Mais, un hiver, trompé par son aile affaiblie,
Il voit partir sans lui sa tribu qui l'oublie,
Et s'éteint lentement sous le froid et la faim,
Cachant au fond des bois sa misère et sa fin !
Et ce noble animal, des amis le modèle,

A notre adversité, mieux que l'homme, fidèle,
Qui partage avec nous la peine et le danger,
Combat pour nous défendre et meurt pour nous venger;
Sait de sa volonté faire le sacrifice,
Nous sert sans intérêt, supporte l'injustice,
N'écoutant que son cœur qui n'a jamais trompé,
Et revenant lécher la main qui l'a frappé ;
A qui le souvenir peut faire reconnaître,
Entre mille tombeaux, la fosse de son maître,
Sur laquelle il revient le pleurer chaque jour
Et laisser quelquefois sa vie et son amour !
Devait-il donc aussi connaître la souffrance,
Sans avoir à côté l'immortelle espérance?
Devait-il arriver à la caducité,
A travers les ennuis de chaque infirmité,
Comme ce pauvre chien privé de la lumière,
Que je vois soulever son humide paupière
Et vers mes tristes yeux tourner ses yeux éteints,
D'intelligence encore et de tendresse empreints?
Quel crime a-t-il commis pour subir ce supplice
De sentir, sans la voir, ma main consolatrice
Et de ne pouvoir plus fixer, comme autrefois,
Son regard sur l'ami dont il entend la voix?

L'homme, enfin, n'est-il pas plus malheureux encore
Dans sa triste grandeur que souvent il déplore,

Et qui, par le tableau d'un contraste affligeant,
Lui fait deux fois sentir sa peine et son néant?
Dans l'éternel combat de sa double nature,
De la chair, de l'esprit il unit la torture :
Car, avant de souffrir, il sait qu'il souffrira;
Bien avant de mourir, il prévoit qu'il mourra.
Lorsqu'il n'a pas encor le sentiment de l'être,
Promis à la douleur, la douleur le fait naître :
A peine il a brisé le sein qui l'a nourri,
Aux plaintes de sa mère il répond par un cri,
Et ses gémissements, prélude de souffrance,
Sont le premier signal de sa triste existence.
Bientôt, dès que ses yeux peuvent avoir des pleurs,
C'est par eux que son âme annonce ses lueurs;
Et sur ce doux visage, éclairci par ses charmes,
Le sourire est toujours remplacé par les larmes.
Les développements de l'esprit et du corps
Ne s'obtiennent qu'au prix de pénibles efforts;
Chacun de leurs progrès, luttant contre un obstacle,
D'un douloureux combat nous offre le spectacle,
Et cette jeune plante, espoir de tant d'amour,
Souvent tombe épuisée aux premiers feux du jour.
Aussi, dans ce vallon, parterre de l'enfance,
Que de frêles boutons sacrifiés d'avance!
Hors de ces nids tombés sous les arbres mouvants,
Que de débris affreux dispersés par les vents !

Ah! vous le savez trop, mères inconsolées
Que j'aperçois rouvrant, de vos mains désolées,
Les rideaux refermés de ces tristes berceaux
Que le doigt de la mort a changés en tombeaux!
Vainement voulez-vous, en lui donnant votre âme,
De ce corps refroidi ressusciter la flamme,
Le foyer s'est éteint, la nuit a clos ces yeux,
Votre enfant n'est plus là, mais votre ange est aux cieux!
Ah! ne le plaignez pas d'échapper à la vie,
Dérisoire banquet où le sort nous convie,
Pour tenter nos besoins sans cesse aiguillonnés
Par des appâts trompeurs, toujours empoisonnés!
Du mal universel, comme nous, tributaire,
En vain il eût cherché le bonheur sur la terre;
La terre n'aurait pu donner à ses désirs
Que ses fruits sans saveur et ses douteux plaisirs.
Dans les jours orageux de son adolescence,
N'aurait-il pas souillé sa robe d'innocence?
Sur les premiers écueils de ces perfides bords,
N'aurait-il pas perdu son âme avec son corps
Et déçu pour toujours, dans un obscur naufrage,
Votre espoir et vos vœux, au début du voyage?
En le voyant partir si fragile et si pur,
Sans crainte vous pouvez du ciel fixer l'azur,
Voile mystérieux, gage de délivrance
Qui, pour nous empêcher de perdre l'espérance,

Au bord de l'horizon, s'incline jusqu'à nous;
Et vous n'aurez, du moins, à pleurer que sur vous!

Mais voici la jeunesse et son léger cortége
De rayons et de fleurs voilant chacune un piége :
Fée au prisme enchanteur qu'elle met sur nos yeux,
Elle n'offre à nos sens que lointains radieux,
Parfums et fruits dorés de la terre promise,
Que notre esprit ardent colore et poétise.
Pour nous seuls l'avenir doit éternellement
Conserver son éclat, le bonheur son aimant,
La beauté sa fraîcheur, la gloire son délire,
La tête son génie, et le cœur son sourire !
Jours où l'âme, livrée à tant d'illusions,
Peut à peine suffire à ses émotions;
Jours de vertu naïve et de noble croyance,
Où, flottant dans son rêve et dans son ignorance,
Le désir se suffit et s'arrête à l'espoir,
Innocent des remords et des regrets du soir !
Moments prédestinés, les seuls de cette vie
Qu'en se tournant vers eux, l'on pleure et l'on envie;
Flots d'azur, vous passez pour ne plus revenir,
Et l'on ne vous revoit que par le souvenir !
Cet idéal si pur, cette paix sans mélange,
Entrevus ici-bas, n'appartiennent qu'à l'ange.
Au souffle desséchant de la réalité,

4

Notre onde perd son calme et sa limpidité.
En possédant enfin les objets de nos songes,
Que de déceptions, que de tristes mensonges!
Que de brillants palais tombent en les touchant,
Ou reculent perdus aux vapeurs du couchant!
Parmi toutes ces fleurs sur nos chemins écloses,
Que d'épineux buissons se cachent sous les roses!
Heureux si nous pouvons, dans nos vœux combattus,
En sauver les lambeaux de nos jeunes vertus,
Et, quittant pour toujours la rêveuse patrie
D'où retombe sitôt notre âme endolorie,
L'arracher aux conseils d'un premier désespoir,
En la raffermissant au sentier du devoir!
Lorsque de ce tropique on a passé l'orage,
Arrivent les soucis et les soins d'un autre âge :
Et des travaux du jour la rude activité,
Et le fardeau si lourd de la paternité.
Il nous faut, corps à corps, lutter avec la vie,
Sur la route escarpée, en plein soleil gravie ;
Et, jouets tourmentés de notre ambition,
Payer cher les plaisirs de la possession.
Et que de fois encor le sort, dans son caprice,
D'un pénible labeur renverse l'édifice,
Et, nous faisant sentir son écrasant mépris,
Nous laisse, dépouillés, gémir sur des débris!

Arrivés au sommet de l'aride montagne
Où, soutenant nos bras, l'espoir nous accompagne,
Recueillis un moment, nous pouvons découvrir
L'espace parcouru, l'espace à parcourir.
Tout meurtris du chemin, épuisés de courage,
Nous voudrions trouver une halte au voyage;
Mais le temps, dont les pas ne s'arrêtent jamais,
Ne connaît ni besoins, ni désirs, ni regrets;
Ce maître aveugle et sourd, qui ne peut rien attendre,
Nous poussant devant lui, nous force à redescendre,
Et le poids que plus haut nous montions chaque jour,
Par sa pente aggravé, nous entraîne à son tour.
Notre soleil plus pâle à l'horizon s'abaisse.
Vis-à-vis du réel l'illusion nous laisse.
En vain nous demandons aux berceaux du printemps
D'épanouir encor leurs groupes éclatants;
A peine cueillons-nous, dans les champs de l'automne,
Quelques fleurs sans parfum qu'à regret il nous donne,
Et dont nous détachons les humides rameaux
Pour mouiller, de leurs pleurs, la pierre des tombeaux !
Car, laissant sur la route une part de nous-même,
Nous voyons bien des fois tomber ce qui nous aime :
C'est un père attentif à nos fougueux élans
Qu'il guidait de sa voix et de ses cheveux blancs;
Une mère, foyer d'amour et d'indulgence,
De chacun de nos jours sensible providence;

Des enfants trop aimés, objets de tous nos vœux,
Et sur qui nous comptions pour nous fermer les yeux ;
Ou ce sont des amis, des frères qui nous laissent,
Et dont les traits chéris pour toujours disparaissent ;
C'est ce cœur qu'entre tous le nôtre avait choisi,
Qui soudain, dans nos bras, par la mort est saisi....
Et nous demeurons seuls au bout de la carrière,
Reportant tristement nos regards en arrière,
Sans pouvoir retrouver, pour le déclin du jour,
L'appui consolateur qui manque à notre amour !
Puis dans l'ombre du soir nous attend la vieillesse,
Ayant à ses côtés le dégoût, la tristesse
Et ce cortége affreux de maux, d'infirmités
Qui font frémir d'horreur nos sens épouvantés.
Dans ce dernier sentier où tremblant on s'avance,
Chaque pas est marqué par une décadence :
De cet esprit superbe et de ce noble corps
On sent avec effroi défaillir les ressorts ;
Le premier, regrettant sa royauté passée,
Voit lentement en lui s'obscurcir la pensée,
Et, malgré ses efforts, dans son œuvre arrêté,
Assiste, heure par heure, à sa stérilité ;
L'autre, perdant des traits l'éclat et la noblesse,
Sent, d'année en année, augmenter sa faiblesse,
Et languit, triste objet de profonde pitié,
Méconnaissable aux yeux même de l'amitié.

De ces assauts du temps l'implacable nature
Semble, avec volupté, prolonger la torture,
Et l'homme qui jadis mit vingt ans à fleurir,
Pour souffrir plus longtemps, met vingt ans à mourir !
Passant tous les degrés de la décrépitude,
Indifférents à tout, tombés de lassitude,
Tout en la redoutant, nous invoquons la mort
Qui, d'un dernier sommeil, en passant, nous endort ;
Sommeil mystérieux, repos digne d'envie,
Fermant d'un trait obscur l'énigme de la vie ;
Voile pesant que nul ne pourra soulever,
Qui force l'âme à craindre, et l'esprit à rêver !

D'un flambeau vacillant triste dépositaire,
Voilà quel est le roi qui commande à la terre !
Si fort par son génie et par sa volonté,
Dans ses rudes combats lassant l'adversité ;
Si grand par son audace et son intelligence,
Est-ce ainsi qu'il devait recevoir l'existence,
Inexplicable don qu'on ne peut refuser,
Et qui, sans notre aveu, sur nous vient s'imposer ?
De quelles profondeurs peut s'écouler ce fleuve
Où chaque être, à son tour, quelques instants s'abreuve,
Pour en être entraîné dans le gouffre inconnu
D'où nul débris flottant n'est jamais revenu ?
Quel est pour nous le but de ce pèlerinage ?

2.

Et que peuvent cacher les plis de ce nuage?
Devons-nous, par l'espoir vainement inspirés,
Rentrer dans le néant d'où nous fûmes tirés?
Ou notre globe est-il, dans ces vagues profondes,
Le degré le plus bas d'une échelle des mondes
Dont nous devons longtemps, nous approchant des cieux,
Gravir les échelons toujours plus radieux,
Montant, de sphère en sphère et d'abîme en abîme,
Jusqu'aux sommets d'où part la source où tout s'anime,
Pour découvrir enfin, dans son immensité,
L'infini de l'espace et de l'éternité?
Mais pourquoi donc alors, dans ce premier voyage,
Des maux et du bonheur cet inégal partage
Qui semblerait venir de quelque esprit pervers,
Ou faire du hasard le dieu de l'univers?
Aux uns les dons du Ciel : la bonté, la sagesse,
La noble poésie et la douce tendresse;
Ou les biens d'ici-bas : la force, la beauté,
La gloire, le plaisir, l'or et la liberté.
Aux autres la bassesse et le dur égoïsme,
Les conseils de l'orgueil, les erreurs du sophisme;
Ou de l'âme et des sens la peine et les douleurs,
Les jours dans la fatigue et les nuits dans les pleurs !
Mais la joie est bornée et la douleur immense:
L'homme, se débattant sous sa lourde puissance,
Rebelle à l'avenir qu'il voit perdu pour lui,

Absorbe lentement le poison de l'ennui ;
Puis, surmontant un jour l'instinct de la nature,
Au vautour qui le ronge arrache sa pâture,
Et peut souffrir assez pour cesser de sentir
Et, de ses propres mains vouloir s'anéantir.
Mais, des fléaux humains lamentable prodige
Qui nous fait éprouver l'horreur du vertige :
Il peut souffrir assez pour sentir, par degré,
De la pensée en lui mourir le feu sacré,
Et, passant des langueurs de la mélancolie
Aux furieux accès de la sombre folie,
Devenir pour les siens un objet de terreur
Qui déroute notre âme et brise notre cœur;
Dérision du sort, supplice invraisemblable...
Il manquait à nos maux ce mal épouvantable :
Anathème que Job n'osa pas achever,
Que Dante en son enfer n'aurait pas pu rêver !

Encor si, dans le plan de ce navrant système,
Du mal à ce degré s'arrêtait le problème;
Si la nature avait à sa seule action
Réservé la douleur et la destruction,
Laissant à ses enfants, jouets de sa puissance,
Au sein de leur épreuve, au moins leur innocence....
Mais non ; pour s'assurer de leur complicité,
Elle a créé l'instinct de la férocité,

Leur désignant d'avance à chacun sa victime,
Sans leur donner jamais le remords de leur crime.
Afin de satisfaire à cette soif du sang,
La ruse est au plus faible et la force au puissant.
L'araignée, immobile au centre de l'étoile
Que forme avec tant d'art son admirable toile,
Attendant que la mouche, échappée à l'oiseau,
Rencontre, dans son vol, le perfide réseau,
Dès qu'elle l'a senti s'agiter sous sa proie,
Accourt, affreux bourreau, la saisir avec joie,
Et, dans ses bras hideux, applique, en l'enlaçant,
Sa bouche de vampire à son corps frémissant.
Le reptile onduleux qui dans l'herbe serpente,
Déroulant au soleil sa parure changeante,
Recèle, sous sa dent, l'invisible poison
Dont sa froide colère arme sa trahison.
L'aigle, roi des oiseaux, déchire, dans son aire,
La colombe des bois victime de sa serre.
Ces tyrans du désert, le tigre, le lion,
Types majestueux de la création,
Souillent dans le sang, l'un sa crinière royale,
L'autre, moins noble encor, sa robe impériale.
Partout le faible tombe opprimé par le fort;
Les êtres se font peur, et tout vit de la mort!
Nous-mêmes, surmontant le dégoût du carnage,
Nous sacrifions tout à notre faim sauvage;

Nous pouvons immoler, sous un fer inhumain,
Le paisible animal qu'a nourri notre main,
Qui nous donne au printemps ou son lait ou sa laine,
Nous réchauffe, l'hiver, de sa puissante haleine,
Et, laissant à nos champs son précieux engrais,
Prépare l'abondance aux sillons qu'il a faits.
Portant dans nos désirs une ardeur meurtrière,
Aux doux hôtes des bois nous déclarons la guerre,
Et, de l'iacction pour combler le loisir,
Nous cherchons, dans leur mort, un barbare plaisir.
Mais, ce qui fait d'horreur reculer la pensée,
L'homme, dans le transport d'une fièvre insensée,
Sur l'homme son semblable exerçant sa fureur,
Pour lui peut devenir un sujet de terreur,
Le cherche en ennemi, le surprend sans défense,
Dans son sang fraternel assouvit sa vengeance,
Et, sur les bords perdus d'un océan lointain,
Fait encor de sa chair un horrible festin.
Dans ce sombre chaos de guerres et de crimes
Que de Caïns maudits, que de saintes victimes !
Devions-nous donc céder à ces affreux penchants ?
Malheureux, fallait-il que nous fussions méchants ?
Terre, de tant de fils, tour à tour, mère et veuve,
Tu bois, sans t'émouvoir, tout ce sang qui t'abreuve,
Et, lorsque de la mort nous recevons les coups,
Ton sein, sans tressaillir, se referme sur nous ;

Ton soleil impassible éclaire notre tombe,
L'oiseau vient y chanter, et la rosée y tombe,
Pour effacer bientôt, sous l'herbe et sous les fleurs,
Le dernier souvenir des regrets et des pleurs !

Mais à quoi bon vouloir pénétrer ce mystère
Qu'un pouvoir surhumain à l'homme a voulu taire ?
Obéissant au sort qui nous fut assigné,
Sans doute il faut courber notre front résigné,
Sans exhaler en vain, par d'inutiles plaintes,
Nos chagrins révoltés, nos regrets et nos craintes.
Redoutons, en plongeant dans l'abîme sans fond
Où notre faible esprit, dans l'ombre, se confond,
D'aimer de l'inconnu le dangereux prestige,
Et, sans cesse attirés, de céder au vertige,
Comme le voyageur penché sur le courant,
Fasciné malgré lui, roule aux flots du torrent !
D'ailleurs est-ce au poëte à chanter pour maudire,
Dans ses vers trop ingrats, la douleur qui l'inspire ?
Et doit-il oublier qu'à ses nobles accents
Il dut presque toujours la gloire de ses chants ?
Supprimez les trésors de son urne féconde :
La pâle indifférence envahirait le monde,
Et, dans l'âme étrangère à la tendre pitié,
Languirait, sans effets, la stérile amitié.
Plus d'élan dans les cœurs, plus d'émotions saintes,

Plus de pleurs essuyés, plus de douces étreintes,
De sublimes pardons pour chaque repentir,
D'amis à consoler, d'âmes à convertir !
L'homme devant rester imparfait sur la terre,
La douleur devenait un lien salutaire
Qui faisait naître en lui la sensibilité,
Modeste et tendre fleur de notre humanité.
Mère du dévouement, sur les maux de nos frères
Elle nous attendrit par nos propres misères,
Et peut seule adoucir le regard douloureux
Que nous fixons sur nous, en le tournant vers eux.
Par elle on voit tomber, des mains de la richesse,
L'or qui de l'indigent soulage la détresse :
Le bienfait matinal, que son instinct conduit,
Du malheur ignoré visite le réduit,
Et, du pauvre honteux prévenant la prière,
L'habitant du château protége la chaumière.
De Saint-Vincent de Paul elle inspire la Sœur,
Quand elle va veiller au lit de la douleur,
Entourer de ses soins la vieillesse et l'enfance,
Soutenir la vertu, protéger l'innocence,
Et, du vice lui-même affrontant le dégoût,
Se prodiguer à tous, et toujours, et partout ;
Le médecin qui va, sur les champs de bataille,
Relever les blessés tombés sous la mitraille,
Ou, bravant les terreurs de la contagion,

Consacrer par sa mort sa noble mission ;
Le prêtre qui renonce au monde, à la famille,
Au foyer où l'on aime, aux fêtes où l'on brille,
Pour traverser les mers, l'Evangile à la main,
Aux peuples égarés enseigner le chemin,
Prêcher aux forts l'amour et la miséricorde,
Aux faibles l'espérance et la sainte concorde,
Chercher, avec ardeur, le mal à prévenir,
L'âme à purifier et la mort à bénir,
S'exposant avec joie au danger qui l'attire,
Offrant son œuvre à Dieu et sa vie au martyre,
Ou, pasteur ignoré d'un coin de terre obscur,
Supporter pour toujours l'isolement si dur,
Sous le rustique abri d'un pauvre presbytère
Où doit se consommer son exil solitaire,
Privé d'affections et sans autre lien
Que son humble troupeau, sa servante et son chien !

A ce foyer d'amour que notre âme s'épure !
Oh ! n'imitons jamais l'insensible nature
Ignorant si l'enfant que son sein va nourrir,
Marqué d'un sceau fatal, doit souffrir et mourir !
Qu'importe ? Il vit assez pour rajeunir sa race
Et du courant humain perpétuer la trace ;
Quand il ne sera plus, d'autres suivant ses pas,
Le vide du désert ne s'accomplira pas !

Mais nous, faits pour sentir, pour aimer et pour plaindre,
Ne laissons pas en nous cette flamme s'éteindre !
Malheureux, essayons de donner le bonheur !
Heureux, ne cédons pas à l'oubli du malheur !
Que ceux, hélas ! en qui l'excès de la souffrance
Fait chanceler la foi, fait pâlir l'espérance,
A défaut des rayons de l'immortalité,
Conservent dans leur cœur au moins la charité !
Du genre humain souffrant montons tous les calvaires !
Oh oui ! pitié, pitié pour toutes les misères !
Pour la mère affaiblie et les enfants sans pain,
Le père sans travail, rêvant au lendemain ;
La vierge sans appui, que le besoin assiége,
Et qu'on tremble de voir s'incliner vers le piége ;
Pour la veuve si triste en ses habits de deuil,
Qui, le matin, du temple a dépassé le seuil,
Pour élever à Dieu son âme qui succombe,
Et repartir plus loin prier sur une tombe ;
Pour l'esprit inquiet et le cœur délaissé ;
Pour le faible malade et le pauvre insensé
Dont les yeux égarés semblent voir, dans l'espace,
De son bonheur perdu le fantôme qui passe ;
Pour la sainte victime attendue au dehors,
Pour le sombre bourreau que poursuit le remords ;
Pour toutes les erreurs et pour tous les supplices,
Pour tous les dévouements et tous les sacrifices !

Alors, quand nous aurons, d'un amour infini,
Consolé tous les maux, tout cherché, tout béni,
Par ce feu bienfaisant purifiés d'avance,
Peut-être pourrons-nous, retrouvant l'espérance,
Au delà de ce voile où l'œil est arrêté,
Pressentir le soleil de notre éternité.

PRIÈRE A UN ANGE.

Après la fatigue et la peine
Qu'à notre âme chaque heure amène,
      Aux jours de son exil,
Le soir, dans notre premier rêve,
Prenant les traits de la jeune Ève,
      Un ange apparaît-il;

A cette divine lumière
Qui d'un saint rayon nous éclaire,
      A ce regard si doux,

A l'émotion qui nous reste,
Nous sentons qu'un hôte céleste
   A passé près de nous.

Au souvenir de cette image,
Le matin, le sombre nuage
   De notre ciel s'enfuit ;
Et, dans l'espoir que ce beau songe
Dans notre sommeil se prolonge,
   Nous invoquons la nuit.

Ainsi, cachant votre jeunesse,
Avec l'enfance et la vieillesse
   Quand vous venez prier,
Une touchante rêverie
Nous parle d'une autre patrie
   Et nous fait oublier.

La grâce d'en haut nous visite
Et de son souffle nous invite
   A nous agenouiller.
De l'extase qui nous captive,
Nous craignons de quitter la rive,
   Et de nous réveiller.

Aux mains qui sur vos yeux se ferment,
Aux inspirations qui germent
    Dans votre front penché,
Et qui de vos lèvres descendent,
Comme les fleurs qui se répandent
    D'un beau vase épanché ;

A cette ferveur sans mélange,
Ne reconnaît-on pas un ange
    Exilé parmi nous ?
Vainement se dérobent-elles,
Devant Dieu le bout de vos ailes
    Se trahit malgré vous.

Mais cet attribut séraphique
Que votre modestie abdique,
    Ne paraît qu'au saint lieu.
Nous garderons votre mystère,
De peur de vous voir à la terre
    Dire un cruel adieu.

Car, au sein de notre misère,
Nous réclamons votre prière
    Pour toutes nos douleurs ;

Nous avons besoin, dans le temple,
De profiter de votre exemple,
    Pour devenir meilleurs.

A l'aspect des célestes sphères,
Ne pensez pas trop à vos frères
    De notre bien jaloux !
Restez dans notre paix profonde !
Vous serez femme pour le monde,
    Ange à l'autel pour nous.

L'ISTHME DE SUEZ

A M. DE LESSEPS.

I

BABEL.

Creusons la terre,
Taillons la pierre,
Que chaque roc
Fournisse un bloc
A l'œuvre immense
Dont l'existence
Doit aux enfants
Nos descendants
Montrer empreinte,
Sur son enceinte,
La forte main
Du genre humain !

Que le lourd édifice
A jamais affermisse,
Au fond du sol béant,
Sa base de géant !
Que la nouvelle assise
Sur l'autre s'égalise,
Montant, montant toujours,
De contours en contours,
Comme si, de l'abîme,
Se soulevait la cime
Du plus hardi des monts
Perçant les cieux profonds !

Qu'ainsi, d'étages en étages,
S'élève au-dessus des nuages,
Jusqu'aux plaines du firmament,
Notre invincible monument ;
Pour voir à nos pieds les tempêtes ;
Puis, dans l'azur dressant nos têtes,
Demander aux grands horizons
Les mystères de nos saisons ;
Suivre le cours de chaque étoile,
Que, dans ses plis, la nuit dévoile ;
Et, cherchant le secret des dieux,
Lire de plus près dans les cieux !

Et si, plus tard, retombant sur la terre,
De Jéhova la puissante colère,
Pour contenter ses caprices nouveaux,
Ouvrait encor les abîmes des eaux ;
Pour échapper à cet autre déluge,
La grande tour sera notre refuge ;
Les flots vaincus, contre ses murs d'airain,
Dans leur fureur, se briseront en vain ;
Et, spectateurs, au lieu d'être victimes,
Nous jouirons de ces combats sublimes,
Et nous verrons d'en haut deux ouragans,
Dans un seul choc, pousser deux océans.

Et l'immense Babel déroulait en spirales,
De la base au sommet, ses rampes colossales
Où montaient, nuit et jour, hommes et charriots
Traînant, avec efforts, les lourds matériaux.
Ces hardis travailleurs croyaient, dans leur démence,
Que rien n'arrêterait l'essor de leur science ;
Qu'en s'élevant toujours dans l'espace infini,
L'éther de ses vapeurs ne serait plus terni ;
Qu'ils pourraient découvrir, sans que Dieu les confonde,
Les sources de la vie et les destins du monde,
Et braver pour jamais l'implacable courroux
Dont leurs pères surpris avaient senti les coups.
Quel esprit a donc pu, fourmis ambitieuses,

Goufler de tels désirs vos âmes orgueilleuses?
Pensez-vous que l'auteur du splendide univers
De son œuvre à vos yeux découvre le revers,
Et laisse soulever, par l'humble créature,
Le voile que sa main jeta sur la nature?
Pensez-vous qu'au-dessus de la sphère des eaux,
Ce Dieu, pour le servir, n'ait pas d'autres fléaux?
Ne peut-il, dans des jours encor plus formidables,
Verser le feu du ciel sur vos villes coupables,
Faire jaillir du sol la lave des volcans,
Et vous ensevelir sous vos palais croulants ?
D'ailleurs, qu'a-t-il besoin, pour trouver un supplice,
De dire aux éléments : « Allez, faites justice ! »
Sa volonté suffit pour vous anéantir
Dans l'éternelle nuit dont il vous fit sortir.
Mais votre impiété, que sa bonté tolère,
Provoque son mépris bien plus que sa colère ;
Et, pour être puni, ce triste aveuglement
Mérite une leçon plutôt qu'un châtiment.
Vous perdez, pour ce but où votre orgueil s'engage,
L'admirable concours que prête le langage :
Interprète des sens, lien mystérieux
Qui groupe les humains et les unit entr'eux ;
Symbole de l'esprit, sans lequel la pensée,
Faute d'expression, dormirait éclipsée,
Et qui devait, sur l'être au front déshérité,

5.

Manifester en nous l'âme et la royauté.
Soudain, à cet écueil votre pouvoir se brise;
Il vous faut laisser là votre folle entreprise :
Dans un même pays, devenus étrangers,
Des grands desseins d'en haut ignorants messagers,
Vous vous partagerez les plaines de la terre,
Selon votre langage; et, comme la poussière
Que le vent de la plaine éparpille en tout lieu,
Vous vous disperserez sous le souffle de Dieu.
Emblème des mortels qui voudront, pauvres sages,
Oter à l'inconnu son voile de nuages,
Et se diviseront dans leur obscurité,
Croyant avoir chacun trouvé la vérité.

Et Babel restera, muette et solitaire,
Ouvrant aux eaux du ciel son énorme cratère,
Habitacle maudit de reptiles impurs
Qui se multiplieront à l'ombre de ses murs
Où viendra se poser l'oiseau des nuits immondes,
Réveillant les échos de ces voûtes profondes.
Les générations, bourdonnant à l'entour,
Sans oser l'achever, passeront tour à tour.
En fouillant du regard ces ténébreux repaires,
Les enfants se diront : « Quels étaient donc nos pères
Qui croyaient aisément, géants prodigieux,
En entassant des monts, escalader les cieux ?

Mais ce témoin fatal d'audace et d'impuissance
Les verra s'endormir dans leur imprévoyance.
Dédaignant du passé cette grande leçon,
D'impures voluptés ils boiront le poison.
Esclaves, ils prendront leurs passions pour maîtres,
Et, pâles héritiers de robustes ancêtres,
Ils se revêtiront, nation sans vigueur,
De leur impiété, sans avoir leur grandeur.
Cependant Dieu, lassé d'une trop longue offense,
Pose, quand il le faut, un terme à sa clémence.
Son bras s'étend sur vous, pécheurs dénaturés,
De vos plaisirs sans nom toujours plus enivrés !
Le voilà qui se lève ! Et le feu, qui dévore
Les infâmes cités de Sodome et Gomorrhe,
Jette au loin ses lueurs au front du monument
Assistant en coupable à ce grand châtiment.
Et le temps destructeur, que jamais rien n'arrête,
Etage par étage, abaissera sa tête ;
Ses arceaux tomberont, ainsi que des fruits mûrs,
Avec les troncs poussés aux fentes de ses murs.
Ses imposants débris, descendant pierre à pierre,
Sous la meule des ans, feront de la poussière
Sur qui les vents du ciel souffleront à la fin ;
Et les siècles futurs la chercheront en vain !

Ainsi devront périr les œuvres du génie,

Dont la pensée, au ciel, n'a pas été bénie,
Et qui n'ont de soutien que ce fragile écueil
Que choisit, pour bâtir, la révolte ou l'orgueil.

II

LES PYRAMIDES.

Dans Memphis, Pharaon, mécontent de sa gloire
Rêvait seul aux moyens d'arracher sa mémoire
    Aux flots jaloux du temps.
Fatigué de plaisirs, rassasié d'hommages,
Sur son front couronné se lisaient les outrages
    Des soucis et des ans.

Chaque jour il voyait, dans l'éclat de ses fêtes,
Ramper sa cour esclave et s'incliner les têtes
    Qne son sceptre courbait ;
Et le peuple affamé, plié par habitude
Au joug de la misère et de la servitude,
    A ses genoux tombait.

Ces grands troupeaux humains passaient sous sa puissance,
Ne récoltant, hélas ! que peine et que souffrance
    Dans la guerre ou la paix ;

Son caprice prenait aux foules toujours prêtes
Leur sang et leurs sueurs pour faire ses conquêtes
      Ou bâtir ses palais.

Conquêtes qui n'avaient pour but que le ravage,
Et jetaient chaque fois en proie à l'esclavage
      Tout un peuple vaincu ;
Sans qu'une seule idée active et fécondante
A ces drames de mort, de deuil et d'épouvante
      Ait jamais survécu.

Palais pleins de mystère et de métamorphoses,
Où veillaient, à côté des obélisques roses,
      Les sphinx au front serein ;
Où posaient lourdement, aux murs de chaque salle,
De merveilleux plafonds faits d'une seule dalle,
      Sur des lions d'airain.

Entre les grands piliers des longues avenues
Où venaient s'allonger les ombres inconnues
      De colosses sans nom,
L'ombre du roi tyran passait plus abattue
Que les monstres rampant autour de la statue
      D'Isis ou de Memnon.

Aussi dur que ses dieux de granit et de marbre,
Sur terre il végétait, stérile comme un arbre
  Sans ombrage et sans fruit ;
Et son règne devait avoir pour diadème
Des sujets opprimés le terrible anathème,
  Et pour gloire un vain bruit.

Rien de son cœur éteint ne remuait la cendre.
Il ne voyait jamais ni bienfaits à répandre,
  Ni larmes à tarir.
Jamais il ne cherchait, dans un but salutaire,
Pourquoi le malheureux, déshérité sur terre,
  Était né pour souffrir.

Il ne se disait pas que les pasteurs des hommes
Règnent pour réparer, en sages économes,
  L'injustice du sort ;
Et que l'amour du peuple est, mieux que des victoires,
Le moyen d'épargner aux royales mémoires
  L'outrage de la mort.

Lorsque dans l'avenir se plongeait sa pensée,
La malédiction sur sa tête amassée
  Le troublait cependant ;

Et, malgré ses flatteurs et leur apothéose,
Au déclin de ses jours, bien souvent quelque chose
      Lui parlait du néant.

Alors, pour s'étourdir et chasser ce présage,
Il conçut le projet d'un étonnant ouvrage
      Pour la postérité.
Ne pouvant échapper à l'abîme où tout tombe,
Il pensa qu'il devait demander à sa tombe
      Son immortalité.

Au lieu de rendre enfin l'espérance à son âme,
En l'ouvrant aux vertus dont la divine flamme
      Pouvait la rajeunir,
Pareil à l'imprudent qui fonde sur le sable,
Il aima mieux promettre à son corps périssable
      L'éternel avenir.

Pour tromper les regards de la race future,
Il voulut, l'insensé, grandir sa sépulture
      Autant que son orgueil ;
Et, joignant à la fin la folie à ses crimes,
Sous l'épaisseur d'un mont bâti par ses victimes,
      Abriter son cercueil.

Et sous la main de fer fut alors achevée
L'œuvre du despotisme au néant élevée.
Symbole monstrueux du sens matériel,
La pyramide offrit, aux quatre points du ciel,
Ses flancs démesurés, si larges à leur base
Qui par degrés géants sur les sables s'évase,
Qu'en les apercevant, le regard fasciné
De leur hauteur immense est à peine étonné.
Deux autres rois, jaloux d'une si triste gloire,
Accomplirent aussi ce projet dérisoire,
Pour donner à jamais, sans craindre le réveil,
La paix et le mystère à leur dernier sommeil.
Et les trois Pharaons, qu'un baume incorruptible
Devait mettre à l'abri du temps irrésistible,
Vinrent se coucher seuls sous ces murs ténébreux
Qui semblaient pour toujours se refermer sur eux.
Mais, pour l'homme que suit sa fragile nature,
Tout est soumis au temps, même sa sépulture.
Sur ces fiers monuments des siècles passeront ;
Puis à l'œil curieux un jour ils s'ouvriront :
Alors, en mesurant ces lugubres momies
Dans leur lit parfumé si longtemps endormies,
A peine on comprendra que ces noirs conquérants
Pour de pareils tombeaux n'aient pas été plus grands.
Arrachés sans respect à leur antique asile,
Ces restes profanés, que la science exile,

Montreront au passant, dans les palais des rois,
Ce que sont devenus les princes d'autrefois.

Ainsi l'homme s'abuse ; et les trois pyramides,
Dans leur triste grandeur, restent sépulcres vides,
Ne donnant qu'un peu d'ombre à l'Arabe altéré,
Et servant de jalons au désert exploré.
Prodiges qui font voir jusqu'où la tyrannie
Egare en ses desseins la force et le génie,
Et quel rêve poursuit, jusque sous son linceul,
Pour se diviniser, la vanité d'un seul.

III

LES DEUX MERS.

De l'Egypte nouvelle
Écoutez, travailleurs,
La voix qui vous appelle
A des projets meilleurs !
Hommes de tout langage,
Hommes de tous climats,
Venez, qu'on vous engage,
Non pas pour les combats,

Mais pour l'œuvre hardie
Qui, de tout l'univers
Dès longtemps applaudie,
Va réunir deux mers,
Et, par un nouveau fleuve
Aux trésors fécondants
Où le désert s'abreuve,
Trancher deux continents !
Dans la route profonde
Que vos mains creuseront,
Sans que Dieu les confonde
Vos langues s'entendront.
Comme au temps des esclaves
Que ce sol a nourris,
Vos bras par des entraves
Ne seront pas meurtris.
De race blanche ou noire,
Tous, libres ouvriers,
Allez chercher la gloire
Au pays des palmiers :
La gloire pacifique
De rendre l'avenir
A cette terre antique
Où tout est souvenir ;
Et de rouvrir au monde,
De richesse affamé,

Ce grand chemin de l'onde
Si longtemps refermé !

Car l'Égypte autrefois fut grande et poétique,
Avec ses dieux voilés, au culte symbolique,
Son respect du passé, l'empire de ses lois
Qui des ancêtres morts perpétuaient la voix,
Ses efforts précurseurs dans l'art et la science,
Et, dans ses fiers travaux, sa forte patience.
Temples mystérieux, grands comme des cités,
Retraçant l'infini de leurs divinités,
Pyramides, palais, ingénieux dédales,
Emblèmes imposants, figures colossales,
Aiguilles de granit se dressant d'un seul bloc
Qu'un prodige paraît avoir tiré du roc,
Villes aux monuments de marbre et de porphyre,
Œuvres d'une splendeur que notre siècle admire,
Couvraient partout le sol ; et le Nil, dont les eaux
Remplissaient, tous les ans, des lacs et des canaux,
Arrosait cette terre, oasis des merveilles,
Qui mêlait des fruits d'or aux fleurs de ses corbeilles,
Unissant la parure avec la majesté,
Et la magnificence à la fécondité.

Mais pour les nations l'excès de la puissance
Dans son accroissement porte sa décadence.

En vain l'homme, oubliant son vice originel,
Toujours s'obstine à croire au progrès éternel ;
Dieu seul s'est réservé la grandeur infinie ;
Et le progrès, trompant les efforts du génie,
N'est qu'un leurre où toujours se prend l'humanité
Forcée à redescendre, après avoir monté.
Cherchez dans leur néant Ninive et Babylone,
Reines qu'ensevelit la chute de leur trône !
De leur empire éteint pour nous qu'est-il resté ?
Leur tombeau même échappe à la postérité.
Ainsi Thèbes, Memphis, au joug courbant la tête,
A leur tour ont connu le sort de la conquête ;
Elles ont vu leur gloire et leurs honneurs flétris,
Et mortes n'ont laissé qu'un nom sur des débris.
Le sable du simoun aux vagues éternelles,
Linceul pétrifié, s'est replié sur elles ;
Et l'Égypte gardait dans son cercueil glacé,
Comme un sphinx endormi, l'énigme du passé.

Mais le jeune Occident qui, jadis, de l'Asie
A reçu la lumière avec la poésie,
Renvoie à l'Orient, de la nuit menacé,
Les rayons rajeunis de son astre éclipsé.
A ses portes, hélas ! on voyait enchaînées
S'éteindre lentement ses deux filles aînées :
L'une au temple d'Isis sommeillait pour mourir,

Et ne se sentait plus respirer ni souffrir;
L'autre plus triste encor, vierge aux formes divines,
Voyant couler son sang, pleurait sur des ruines,
Et, nous tendant les bras au seuil du Parthénon,
Dans un suprême adieu nous envoyait son nom.
Ta voix, pauvre martyre, ici fut entendue,
Et notre épée enfin sur toi s'est étendue.
Formés par ton génie, épris de ta beauté,
Grèce, nous te devions au moins la liberté !
Et toi, brune Africaine aux bords du Nil couchée,
Le souffle européen, en passant, t'a touchée;
Et, lorsque le désert semblait t'ensevelir,
Dans ton vieux sarcophage on te voit tressaillir.
Il est temps, lève-toi! Brise tes bandelettes!
Réveille de Memnon les profondeurs muettes!
Et, comme il s'animait sous les feux du matin.
Prélude, par tes chants, à ton nouveau destin !

La France, par son or et par son énergie,
Vient secouer enfin ta longue léthargie,
Et combattre en ton sein, par son élan vainqueur,
Le poison de l'aspic qui t'a mordue au cœur.
C'est elle qui veut rendre aux arts, à l'industrie,
Tes champs régénérés, leur ancienne patrie.
Sa main, touchant au plan de la création,
A ta prospérité creuse un large sillon;

Et la mer, que dompta la verge de Moïse
Pour frayer le chemin vers la terre promise,
Va bientôt, de sa voix célébrant ton réveil,
Aux flots bleus ses voisins mêler son flot vermeil.

Des grands travaux humains puissance salutaire
Qui change pour son but la face de la terre!
Spectacle merveilleux, le jour où l'on verra
Céder sous nos efforts l'isthme qui s'ouvrira,
Et des deux océans, l'indien et le nôtre,
Les deux bras s'avancer au-devant l'un de l'autre!
Où, dressant leurs longs mâts entre les grands palmiers,
Nos vaisseaux triomphants passeront les premiers
Dans le nouveau détroit paré pour cette fête;
Tandis que, saluant la paisible conquête
Qui va du globe entier abréger les chemins,
Les peuples réunis viendront battre des mains!

A vous tous le bienfait de cette œuvre féconde
Qui doit doubler un jour les richesses du monde!
Traversez, messagers de chaque nation,
Navires de tout rang et de tout pavillon!
Pour l'hospitalité ces rives toujours prêtes,
Vous sauvant les dangers du vieux cap des Tempêtes,
De l'Orient pour vous ont rapproché les ports,
Et du Sud embaumé les pacifiques bords.

Prenez à ces climats, aimés de la nature,
Les faciles trésors de leur riche culture!
Reportez en échange à ces peuples enfants,
Au lieu de l'esclavage et des combats sanglants,
La sage liberté dont l'élément s'accorde
Avec l'amour des lois, la paix et la concorde,
Et, pour calmer les maux de leur humanité,
Près de l'apôtre ardent, la Sœur de charité !

Que, dans son vol plus prompt, la morale chrétienne
Illumine bientôt cette race païenne
Qui, dérobant aux yeux sa vie et ses secrets,
Nous devança si loin dans l'ère du progrès,
Mais qui, barbare encor, quoique civilisée,
Dans son isolement s'est immobilisée !
De l'État, qui du ciel prit son titre orgueilleux,
Nos armes font tomber les murs mystérieux ;
Il va, par nos traités, sortir de l'égoïsme
Qui de son faux esprit a nourri le sophisme ;
Il va comprendre enfin que, pour leurs intérêts,
Les peuples doivent tous former un grand congrès
Où règne avec honneur l'échange des idées
Par des rapports amis promptement fécondées;
Et chercher leur grandeur et leur prospérité
Dans le sein bienfaisant de la fraternité.

Tombez donc pour toujours, impuissantes barrières !
Laissez passer du Christ le verbe et les lumières !
Mineurs, percez le roc, aplanissez les monts,
Creusez à l'onde un lit, dans l'air jetez des ponts !
L'esprit de l'homme, armé, pour conquérir le monde,
Non du fer qui détruit, mais du marteau qui fonde,
Autour de l'univers, dans un double courant,
De la libre pensée entraîne le torrent.
Il veut, malgré la haine et la duplicité,
Semer autour de lui l'amour, la vérité ;
Tarir les flots du sang, chasser la barbarie,
Et, faisant de la terre une seule patrie
Où les rivaux d'hier se donneront la main,
D'une sainte alliance unir le genre humain.

Et toi, Lesseps, enfant de notre belle France,
Qui, triomphant enfin des obstacles jaloux,
Sait joindre le génie à la persévérance,
Et dont le grand succès va rejaillir sur nous ;

D'où te vient cette foi qui change les montagnes,
Abaisse les sommets pour combler les vallons ;
Et, sondant d'un œil sûr le sable des campagnes,
Promet l'eau du désert à de nouveaux sillons ?

C'est que dans l'avenir tu vois, avec ta gloire,
Mûrir de toutes parts les fruits de ton labeur;
Et les peuples futurs, confondant leur histoire,
Par des liens plus forts, préparer leur bonheur.

Aussi Dieu, qui soutient ton zèle et ton courage
Et connaît de ton cœur le noble dévouement,
Te permet ici-bas d'achever son ouvrage
Et d'être de ses lois le paisible instrument.

Plus sage que Babel et que les pyramides,
Ton monument échappe à leur stérilité;
Car il a, pour durer, des bases plus solides :
Les destins de l'humanité.

6

LES DEUX SOEURS.

L'ange qui le premier descendit sur la terre,
Pour accomplir du mal le douloureux mystère
Et fermer pour toujours les portes de l'Eden,
De ses yeux éthérés laissa tomber deux larmes
En voyant les bannis fuir à jamais les charmes
    Du fortuné jardin.

De ces perles du ciel vous naquîtes sans doute,
Pour aller de l'exil vous partager la route,
Vierges au bleu regard, filles de la pitié,
Qu'un sympathique aimant vers le malheur entraîne;
Esprits harmonieux, divines sœurs qu'enchaîne
    Une sainte amitié!

L'homme déshérité, qu'il sourie ou qu'il pleure,
Vous voit toutes les deux, au seuil de sa demeure,
Ou pleurer ou sourire en lui tendant la main.

Vous donnez au bonheur l'accent de la tendresse ;
Vous calmez et changez en rêveuse tristesse
      Le cri du genre humain.

Sous le toit reposant à l'ombre de vos ailes,
Le nœud, qui réunit les âmes fraternelles,
A des liens plus doux, parsemé de vos fleurs ;
Et, dans son abandon, l'âme découragée,
Quand vous la visitez, respire soulagée
      Du poids de ses douleurs.

Éclairant de vos feux sa féconde insomnie,
Vous inspirez d'en haut les songes du génie
Qui n'aurait pas, sans vous, de notes pour ses chants.
A l'esprit, qu'a troublé l'illusion perdue,
L'espérance revient et la paix est rendue
      Par vos accords touchants.

Le cœur abandonné, que votre voix ramène,
Peut retrouver l'amour et repousser la haine,
Quand vous lui découvrez le trésor des pardons.
Il sent jaillir en lui des sources moins amères,
Et sait multiplier, pour toutes les misères,
      D'inépuisables dons.

Vous transfigurez tout par vos doubles merveilles.
En vous réunissant, vous charmez, dans leurs veilles,
Du riche les loisirs, du pauvre les labeurs.
A tous les dévouements vous ouvrez une page,
Et vos hymnes de flamme exaltent le courage
      Par des accents vainqueurs.

Quand ils font tressaillir les colonnes du temple,
La foi se sent plus près du Dieu qu'elle contemple ;
Nous sommes entraînés à de nobles penchants.
Après vos saints transports, rendus plus charitables,
Pécheurs nous accordons l'indulgence aux coupables,
      L'aumône aux indigents.

Si vous bercez l'enfant qui s'éveille à la vie ;
Dans le premier chagrin dont l'enfance est suivie,
Vos larmes des regrets adoucissent le fiel.
Vous accompagnez l'homme à l'autel, dans la lice ;
Et, soutenu par vous, il vide le calice
      Et s'endort pour le ciel.

De la création vous êtes le cantique ;
Sa splendeur entretient votre pouvoir magique,
Pour donner à nos nuits de moins tristes réveils.

Vons empruntez à l'onde, à l'air leurs symphonies
Et, dans leur cours réglé, les vastes harmonies
      Que rendent les soleils.

Vous écoutez les bruits des nids sous la feuillée,
Des échos dans les bois, de la ruche éveillée,
De la vague plaintive au bord des océans,
Des sources qu'on entend sous leurs voûtes fleuries,
Du vent qui vient courber les herbes des prairies
      Ou les arbres géants.

Et, de tous ces accords notés par la nature,
Où se mêle la voix de chaque créature,
Votre âme sait former des chants délicieux.
La douceur de vos noms par vous semble choisie :
Ainsi que vos concerts, Musique et Poésie!
      Ils nous viennent des cieux.

LE NOYER.

Dans les sillons brûlants que la moisson recouvre,
Le sol volcanisé se dessèche et s'entr'ouvre;
Pas un souffle ne vient faire onduler les blés;
Dans les prés, les troupeaux se couchent accablés;
Les moissonneurs vaincus ont quitté les faucilles :
Mères, enfants, vieillards, garçons et jeunes filles,
Laissant tous, à midi, leurs travaux suspendus,
A l'ombre du noyer sommeillent étendus.
Excepté le grillon et le frileux reptile,
Tout est silencieux et tout est immobile;
La nature languit sans haleine et sans voix;
L'air, de plus en plus lourd, pèse de tout son poids.
Soudain, aux bords du ciel, quelques vapeurs cuivrées
Apparaissent, d'éclairs par moments déchirées,
Et, d'un cercle sinistre entourant l'horizon,
D'un long embrasement semblent l'exhalaison.
Puis un roulement sourd au loin se fait entendre,
Qui, d'échos en échos, sans fin paraît s'étendre,

Comme si tout à coup des bouches de volcan
Allaient s'ouvrir autour du céleste océan.

De tous côtés les nuages plus sombres
Couvrent l'azur sous de livides ombres ;
Au bruit lugubre approchant avec eux,
On croit entendre, échappés de leurs feux,
Fuir les captifs des prisons infernales,
Laissant traîner, sur les débris des dalles
Que font frémir leurs pas désordonnés,
Les lourds tronçons de leurs fers déchaînés.

Dans l'espace un souffle s'élève,
Comme l'air du soir sur la grève :
Des blés mûrs apportant l'odeur,
Du temps il rafraîchit l'ardeur ;
Mais il grandit à chaque haleine,
Et de loin balayant la plaine,
Emporte, en épais tourbillons,
La terre aride des sillons.

La pluie, en larges gouttes,
Bat la poudre des routes,
Et bientôt, les couvrant,
Roule comme un torrent
Où sans pitié se mêle

Le fléau de la grêle
Qui frappe, à coups pressés,
Les champs déjà glacés.

Horrible crise !
L'ouragan brise,
Sous son effort,
L'arbre qu'il tord,
Et déracine,
Sur la colline,
Chênes, ormeaux,
Pins et bouleaux.

Et le tonnerre,
Dans l'atmosphère,
Se répétant
A chaque instant,
Il semble faire
Trembler la terre
Sous le fracas
De ses éclats.

De loin ils se répondent
Et partout se confondent,
Se heurtant dans les airs
Qu'enflamment les éclairs ;

Par leurs chocs les nuées
Enfin diminuées
Épuisent, dans ces feux,
Le fluide orageux.

Des coups la distance inégale
Se prolonge à chaque intervalle.
Des vapeurs les derniers lambeaux
Rendent l'azur aux cieux plus beaux,
Emportant, dans leur robe grise
Qui de loin en loin se divise,
Les mugissements affaiblis
Mourant à la fin sous leurs plis.

Dans les ravins, par filets l'eau s'écoule ;
Au bord des bois la colombe roucoule,
Séchant son aile au rayon caressant
Qui vient pareil au baiser d'un absent.
Dans l'air plus pur la nature oublieuse,
Montrant bientôt sa figure joyeuse,
Essuie au vent les traces de ses pleurs
Dont la rosée a lavé ses couleurs.

Et ces blés, qui levaient si fièrement leur tête,
Sont couchés maintenant, tordus par la tempête ;
Et les épis hachés, souillant leurs blonds cheveux,

Répandent leurs grains d'or dans les sillons fangeux.
Les pauvres moissonneurs, réveillés par l'orage,
Sont restés à l'abri sous l'odorant feuillage
Qu'à l'heure du repos, offrait à leur danger
Le noyer dont les bras semblaient les protéger.
Mais sur l'arbre isolé la foudre est descendue,
Déchirant son aubier sous l'écorce fendue,
Et laissant à l'entour, dans une âcre vapeur,
De sa flèche de feu la sulfureuse odeur.
A l'éclat qui trahit la terrible étincelle,
Au fracas qui soudain retentit avec elle,
D'un glaive aérien mystérieux éclair,
Un frisson inconnu paralyse la chair;
Et l'homme, qui plus haut s'affermit et se vante,
Tremble comme l'enfant, vaincu par l'épouvante.

Quand chacun cependant revient de sa stupeur,
Chassant, avec effort, les restes de la peur,
On s'interroge enfin d'une voix oppressée,
Pour se sonder l'un l'autre, en cachant sa pensée
Sous les dehors trompeurs d'un sourire affecté
Que sur les traits pâlis dément la vérité.
Mais une jeune fille, insensible et muette
A l'appel inquiet qu'autour d'elle on répète,
Reste debout au tronc de l'arbre foudroyé,
Où son corps immobile est encore appuyé.

De l'aveugle élément l'atroce fantaisie,
Sans un signe de mort, vivante la saisie.
Glacé par la terreur, on n'ose l'approcher;
Son fiancé lui-même hésite à la toucher !...

Et pendant qu'on franchit les routes défoncées,
La portant sur un lit de branches fracassées,
Une lueur sinistre apparaît aux regards,
Déroulant sa fumée et ses reflets blafards
Sur l'azur qui sourit au fond du paysage,
Comme un cadre ironique au malheur du village :
Au coup frappé s'ajoute un désastre cruel ;
Sur les toits écroulés brûle le feu du ciel !

LA FAUVETTE.

Du printemps aimable chanteuse,
Au corps si simplement vêtu,
Quand tu reviens mélodieuse
Dans nos ombrages, que dis-tu ?

Je dis à deux âmes qui s'aiment
        D'un jeune amour,
Et dont les étoiles parsèment
        Le bleu séjour :
« De votre bonheur solitaire
        Gardez le miel;
Ne descendez pas sur la terre;
        Restez au ciel ! »

Du printemps aimable chanteuse,
Au corps si simplement vêtu,
Quand tu parais, tendre couveuse,
Au bord de ton nid, que dis-tu ?

Je dis à la mère qui veille
  Près d'un berceau,
Pendant que son enfant sommeille
  Sous l'arbrisseau :
« Comme nous élève toi-même
  Ton nourrisson ;
Calme-le sur le sein qu'il aime
  Par ta chanson. »

Du printemps aimable chanteuse,
Au corps si simplement vêtu,
Quand tu passes toujours heureuse
Près de nos sentiers, que dis-tu ?

Je dis au corps qui se fatigue
  Au poids du jour,
Comme à l'esprit qui se prodigue
  En fol amour :
« Si, pour soulager votre peine,
  Il faut chanter,
Reposez-vous dans mon domaine,
  Pour m'écouter. »

Du printemps aimable chanteuse,
Au corps si simplement vêtu,
Quand tu préludes si joyeuse
Le long des grands bois, que dis-tu?

7

Je dis au rossignol qui pleure

Dans son réduit,

Au poëte rêvant, à l'heure

Où le jour fuit :

« Amis, pourquoi tant de tristesse,

Quand vient l'été ?

Je sais allier la tendresse

A la gaieté. »

LE PASSÉ.

A MADAME LA COMTESSE DE V***.

Décembre dans la plaine a soufflé la tempête
Et secoué sur nous la neige de sa tête.
Dans la création tout s'arrête et s'endort.
Le sol paraît de fer, et l'arbre semble mort.
Au sein d'un monde où rien ne rit ou ne soupire,
Interrogeant encor la muse qui l'inspire,
Le poëte attristé ranime en vain sa voix
Qui se perd sans échos dans les champs et les bois.

« Pourquoi me cherches-tu, lui répond la nature
       Émue à ses accents ?
J'ai perdu les attraits de ma verte ceinture,
       Mes parfums et mes chants.

Plus de troupeaux, d'enfants courant dans mes vallées
       Pleines de leur rumeur ;

Plus de couples laissant dans mes longues allées
S'égarer leur bonheur !

Plus de fleurs à mon front; d'oiseaux joyeux, d'abeilles
Plus de bruyant essaim !
Mes gouttes de rosée, à des larmes pareilles,
Se gèlent sur mon sein.

A peine ai-je entrevu la rapide lumière
Du soleil qui me fuit,
Que, prolongeant toujours sa lugubre carrière,
Sur moi s'étend la nuit.

Tu vois, l'hiver m'enchaîne, et mon corps immobile
N'a plus qu'un blanc linceul.
Un sommeil, que ne peut chasser ma main débile,
Sur mes sens règne seul.

Laisse sa léthargie engourdir la souffrance
De mes membres glacés.
Espère, et dans l'oubli vois s'envoler d'avance
Nos mauvais jours passés.

Attends qu'avril prochain m'échauffe et me réveille
Au rayon du midi,

Et sème, avec amour, des fleurs de sa corbeille,
Mon gazon reverdi.

A toi qui, de ma voix écho toujours fidèle,
En toi-même l'entends,
Je montrerai d'abord la première hirondelle
De mon nouveau printemps.

Pour toi de mes jardins, mes coteaux, mes prairies
Les premières senteurs;
Et le premier éclat de mes tiges fleuries
Pour tes regards rêveurs !

Et l'aube du matin colorant mes feuillages
De ses reflets changeants;
Et les splendeurs du soir enflammant les nuages
De mes soleils couchants !

Ton oreille entendra les brises, les murmures
Dont je remplis les airs;
Et mes chantres heureux, dans les jeunes ramures
Essayant leurs concerts.

Maintenant j'ai si froid que je n'ai plus ni flamme,
Ni souffle à te prêter.

Mais toi, n'as-tu donc pas, en cherchant dans ton âme,
    Quelque chose à chanter ? »

Alors, vers ma jeunesse à mes yeux retracée,
Madame, malgré moi remonte ma pensée
Qui, cherchant de sa peine à soulager le poids,
A rencontré la vôtre aux sentiers d'autrefois ;
Et toutes deux, errant sous leur voile de brume,
Reconnaissent ensemble, avec moins d'amertume,
Les traces d'un bonheur éloigné sans retour,
Et qu'ont gardé ces lieux aimés de tant d'amour.
Comme moi, vous voyez de nos jeunes années
Les ombres revenir, par leurs mains enchaînées,
Et laissant voir encor, parmi leurs cheveux blonds,
Les fleurs dont le printemps avait orné leurs fronts.
Ces fantômes charmants, que nos songes ramènent,
En nous trompant toujours, sur leurs pas nous entraînent,
Ne pouvant nous donner que le triste plaisir
De les suivre de loin, sans pouvoir les saisir.

Voilà nos horizons, nos landes, nos bruyères,
Nos forêts et nos champs ; la ferme et les chaumières ;
La côte et ses sapins dominant les taillis ;
En face, la garenne et ses chênes vieillis ;
La vallée au couchant, l'étang, la sablière,
Le lavoir, l'ermitage, et, près de la rivière,

Sur ses fossés comblés les restes du château
Que la mousse des ans couvre de son manteau.
Au fond, le pont rustique et la maison du garde,
Souriant, isolée, à l'œil qui la regarde,
Là-bas sous le feuillage, au mobile frisson,
Des trembles qui laissaient tomber sur le gazon,
Pour les nids des oiseaux, leurs graines cotonneuses,
Et dont j'écoutais seul les voix harmonieuses
Qu'interrompait plus loin, par son bruit saccadé,
Le moulin babillard près du saule émondé.
Et voici le grand parc et ses hautes futaies,
L'avenue et les cours aux bordures de haies
Encadrant les abords du champêtre manoir
Qu'en le quittant nos yeux ne devaient plus revoir.
De l'antique demeure aujourd'hui rien ne reste :
Ses toits mêlant l'ardoise à la tuile modeste,
Ses murs, montrant leur âge à leurs angles de grès,
Sont tombés emportant nos stériles regrets;
Et leurs pierres, abri de notre heureuse enfance,
Ont reconstruit plus loin une autre résidence
Où nos pas, égarés par l'ancien souvenir,
Ne pourraient sans douleur maintenant revenir.
Ils ne trouveraient plus la marche hospitalière
Du seuil dont les amis avaient usé la pierre;
La porte dérobée, ouverte au mendiant
Implorant au dehors, d'un regard patient,

Le pain qui s'ajoutait à sa besace enflée,
Ou de quoi rétablir sa chaumière brûlée;
La chambre où, des enfants quand le flot la quittait,
Votre aïeule bénie à leur place écoutait
L'histoire ou le roman que lui lisait ma mère,
Pour distraire ses jours privés de la lumière;
Et le vaste escalier, aux gothiques supports,
Dont les paliers s'ouvraient sur les longs corridors;
L'œil-de-bœuf où, le soir, plongeant dans l'étendue,
On venait pour guetter la voiture attendue;
Enfin tous ces aspects, ces détours, ces réduits
Qu'en rêve tant de fois nous avons vus depuis.

Sur le bord de la route une demeure austère
Nous apparaît encor : c'est le vieux presbytère
Dont les murs, étayés de leurs lourds contre-forts,
Faisaient mieux contraster leur tristesse au dehors
Avec le cœur aimant, la gaîté, l'indulgence
Qui du riche ou du pauvre accueillaient la présence.
Ce bon curé se hâte, à l'appel du marteau,
Quittant, pour nous ouvrir, le livre ou le râteau;
Nous montrant, au jardin, la fleur épanouie,
L'arbre dont l'éventail le long du mur s'appuie,
La ruche de l'essaim nouvellement éclos;
Et nous faisant goûter les fruits de son enclos.
Dans ces jours de terreur, que la mémoire évite,

Avec votre famille appauvrie et proscrite
Il partagea le pain de la captivité,
Comme après, les douceurs de la prospérité.
Par ses soins dévoués et sa mansuétude,
Il prépara pour moi les sentiers de l'étude ;
Et quand, plus tard, mes yeux se voilèrent de pleurs,
Il put m'ouvrir encor ses bras consolateurs.
Sa chère et pauvre église, à l'ogive moussue,
Sous l'ombre des tilleuls avec peine aperçue,
Ne le voit plus franchir la pierre de son seuil,
Pour bénir l'enfant né, la gerbe ou le cercueil :
Il est aussi venu dans l'humble cimetière,
A la croix vermoulue, aux murs garnis de lierre,
Où dorment les brebis autour de leurs pasteurs,
Et les maîtres couchés auprès des serviteurs.
Depuis que de ces lieux notre sort nous exile,
Combien de morts connus ont peuplé cet asile
Qui conserve, au milieu de ses tertres mouvants,
Plus de stabilité que celui des vivants !
Ah ! si, voulant là-bas faire un pèlerinage,
Nous paraissions soudain au détour du village,
Nous verrions sur nos pas sortir de ces maisons,
Au lieu des habitants dont nous savions les noms,
Des visages nouveaux que notre absence ignore ;
Et des contemporains ceux qui restent encore,

7.

Fixant aussi sur nous des yeux irrésolus,
En nous voyant passer, ne nous connaîtraient plus.

Mais pourquoi retourner à ces chères campagnes,
Pour n'y plus retrouver nos anciennes compagnes :
L'innocence, la paix, les saintes visions,
Nos projets, nos espoirs et nos illusions ?
Sur ces brillants aspects, sur ces frais paysages,
Le deuil de notre esprit étendrait ses nuages,
Et nous repartirions courbés sous notre croix,
Sans avoir éprouvé le charme d'autrefois.
C'est que notre âme alors avait la confiance
Et du sombre avenir l'heureuse imprévoyance ;
C'est que du genre humain l'éternelle douleur
Passait à côté d'elle, en respectant sa fleur.
Mais son printemps, hélas ! était trop beau sans doute,
Et plus il enchantait le début de la route,
Plus nous devions sentir, après les doux gazons,
Le tranchant des cailloux et les dards des buissons.
Maintenant fatigués, détrompés de la vie,
Nous nous tournons toujours, avec un œil d'envie,
Vers ce bonheur si pur qu'il fallait expier,
Moi pour gémir, et vous, Madame, pour prier.
Car aux décrets du Ciel vous êtes résignée,
Et la soumission par vous m'est enseignée.

Vous avez, pour vous faire un moins triste horizon,
Mieux que la poésie et la froide raison ;
Vous possédez la foi, source de l'espérance,
Qui vous fait sans murmure accepter la souffrance ;
Et, de l'âme et du corps sachant l'infirmité,
Vous donnez au malheur deux fois la charité.

LES VOIX.

Quand une douce haleine
A fondu les frimas,
Et que mars gonfle à peine
Les bourgeons des lilas ;

Allez par les prairies,
Allez le long des bois ;
Et, dans vos rêveries,
Vous entendrez des voix

Qu'hier, avec la pluie
Quand le soleil luttait,
Mon âme épanouie
Dans la brise écoutait :

« Mère, éveille-toi, je m'éveille ;
Au fond de tes flancs attiédis
Ranime ton feu qui sommeille ;
Réchauffe mes pieds engourdis.
De mes feuilles et de mes tiges,
Que l'hiver est venu jaunir,
Relève les derniers vestiges
Impatients de rajeunir ;
Pour que, le matin, la rosée
Sur chaque brin puisse attacher,
Au soleil, sa goutte irisée,
Et le moucheron s'y cacher. »

Dans les plis de la terre
Dont le sein tressaillait,
C'était, avec mystère,
L'herbe qui pointillait.

« Mère, éveille-toi, je m'éveille ;
Au fond de tes flancs attiédis
Ranime ton feu qui sommeille ;
Réchauffe mes pieds engourdis.

Rends-moi mes boutons, mes corolles
Et de mes marguerites d'or
Les blanchissantes auréoles,
Des prés nouveaux neige et trésor ;
Pour qu'après sa métamorphose,
L'insecte aux élytres d'azur,
Ou le papillon, qui s'y pose,
Effleure leur sein jeune et pur. »

    C'était, dans la vallée
    Qu'un rayon caressait,
    Oubliant la gelée,
    La fleur qui repoussait.

« Mère, éveille-toi, je m'éveille ;
Au fond de tes flancs attiédis
Ranime ton feu qui sommeille ;
Réchauffe mes pieds engourdis.
De ma verdure à mes épines
Rattache le voile riant,
Et ma couronne d'églantines,
Et mon chèvrefeuille odorant ;
Pour qu'en passant, la jeune fille,
Qui n'ose aujourd'hui m'approcher,
Dans mes rameaux, où la fleur brille,
Glisse sa main pour la chercher. »

C'était, près de la route
Où son front boutonnait,
Du buisson, qu'on redoute,
Le bois qui frissonnait.

« Mère, éveille-toi, je m'éveille ;
Au fond de tes flancs attiédis
Ranime ton feu qui sommeille ;
Réchauffe mes pieds engourdis.
Dans mon tronc fais monter ma séve,
Par mes bras fais-la circuler ;
Afin que du bourgeon s'élève
La feuille qu'il doit dévoiler,
Pour me rendre ma chevelure
Où les oiseaux, faisant leurs nids,
Viennent mêler à son murmure,
Sous l'ombre, leurs chants rajeunis.

Dans la forêt prochaine
Qui déjà fermentait,
C'était la voix du chêne
Que la brise agitait.

« Mère, éveille-toi, je m'éveille ;
Au fond de tes flancs attiédis
Ranime ton feu qui sommeille ;

Réchauffe mes flots engourdis ;
Pour que revienne à ma surface
L'insecte voyageant sur l'eau,
Et que du fond, la fleur qui trace
Remonte en verdoyant rideau.
Du saule étêté de ma rive
Rends-moi les rameaux argentés,
Pour que le poëte y poursuive,
Pensif, ses rêves abrités.

Grossi par les ondées,
Dans le vallon c'était,
En vagues débordées
Le ruisseau qui montait.

Et moi, je disais à la plante,
Au buisson, au chêne, au ruisseau ;
A tout ce que la terre enfante,
Sur les monts, dans les prés, sur l'eau :
Verdissez, fleurissez, chantez !
Venez rendre à la poésie
Les notes que vous lui prêtez,
Vos couleurs et votre ambroisie ?

PROSE ET POÉSIE.

PROSE.

Bien avant le matin, pauvre enfant qui t'éveilles,
En réveillant ta mère accourue à tes pleurs,
Et cherches dans ses bras fatigués par les veilles
    Un peu de calme à tes douleurs;
Avant que la pensée ait éclairé ton âme,
Lorsque tes yeux à peine ont appris à s'ouvrir,
De notre humanité le destin te réclame,
    Et tu vis assez pour souffrir.
Grandis avec lenteur, au milieu des ruines
De ce qui végéta sur la terre, avant toi;
De la vie, où les fleurs se hérissent d'épines,
    Sans l'entendre, subis la loi !
Dans le bien et le mal vois lutter la nature;
Combats avec l'esprit, combats avec le corps;
De ton intelligence achète la culture
    Par de laborieux efforts!

POÉSIE.

Aux lueurs du matin, bel enfant qui t'éveilles,
Et vois, à ton berceau, ton ange gracieux
Guettant tes yeux d'azur et tes lèvres vermeilles
    Qu'effleure un doux rayon des cieux ;
Réponds par un sourire à sa tiède caresse ;
Aux baisers de ta mère offre ton front serein ;
Viens recevoir, couché sur le bras qui te presse,
    La vie et l'amour de son sein !
Respire dans l'air pur ; fleuris avec les roses ;
Vois, à chaque détour de tes pas embaumés,
La bonté dans les cœurs, la beauté dans les choses
    S'offrir à tes esprits charmés !
Admire la nature, et de son œuvre immense
Contemple les tableaux, écoute les concerts ;
Aspire avec bonheur le verbe et la semence
    Qui tombent des cieux entr'ouverts !

PROSE.

Jeune homme, quand tu sors des limbes de l'enfance ;
De ses timides pleurs quand la source tarit ;

Voici le doute aride, enfant de la science,
    Qui va germer dans ton esprit.
Sous ton front, où déjà la tempête fermente,
Monte des passions l'orageuse vapeur ;
L'art allume à tes yeux sa flamme dévorante,
    La gloire son prisme trompeur.
Des vénales beautés les piéges t'environnent ;
Tu jettes ton cœur pur à leur cœur profané ;
Et tu pleures longtemps, lorsqu'elles t'abandonnent,
    L'amour que tu leur as donné.
S'il faut qu'à ton bonheur ton avenir survive,
Troublé par le regret, souvent par le remords,
Que reste-t-il en toi pour la vierge craintive
    Qui te prodigue ses trésors ?

POÉSIE.

Aimable adolescent, l'enfance qui s'envole,
Après t'avoir doué comme le fils d'un roi,
Laisse ton front brillant sous la double auréole
    De l'innocence et de la foi.
Pour un nouveau bonheur tes sens se renouvellent ;
Aux grâces du printemps ton âme vient s'unir ;
Les arts, la poésie et la gloire t'appellent
    Dans les rayons de l'avenir.

Parmi les fleurs de mai que le matin colore,
Choisis, pour respirer les parfums de son cœur,
La vierge au pur amour, qui pour toi vient d'éclore
    Et te sourit comme une sœur !
A son regard candide inspire ton génie;
Fais résonner ta lyre aux accords de sa voix;
Enivre-toi, le soir, de la douce harmonie
    Dont le flot coule sous ses doigts !

PROSE.

Obéis, fils de l'homme, aux lois de la matière !
En vain ta volonté contre elle se débat :
Sa force use la tienne, et la nature entière
    Te livre un éternel combat.
Sur la corde d'airain, sur le marbre ou la toile
Exprime des mortels le long gémissement;
Au monde, dans sa nuit, laisse au moins une étoile
    Qui le console en te nommant !
Cherchant de ton regard le regard de l'amie
Qui sèche de sa main la sueur de ton front,
Poursuis péniblement ta marche raffermie
    Au but où ses pas te suivront !
Tu la verras mourante enfanter, dans les larmes,

Les fils de ses douleurs, héritiers de tes maux,
Sans pouvoir, au milieu de ses tendres alarmes,
    Leur prédire des jours plus beaux.

POÉSIE.

Règne dans ta grandeur, souverain de la terre !
Les éléments soumis connaissent ton pouvoir,
Et la création s'incline tributaire
    Des dons que tu dois recevoir.
Par les sons, la couleur, la forme ou la parole
Répands le goût du beau, la paix, la vérité ;
Consacre, dans les traits d'un sublime symbole,
    Ton œuvre à la postérité !
Animé par les vœux de l'heureuse compagne
Dont la main de ses fleurs embellit ta moisson,
Élève-toi toujours ; debout sur la montagne,
    Embrasse un splendide horizon !
Comme l'aigle au soleil, inondé de lumière,
Avec un saint orgueil contemple tes enfants !
Pressés sous ton égide, à côté de leur mère,
    Qu'ils suivent tes pas triomphants !

PROSE.

Tu voudrais du malheur pouvoir sauver tes frères,
En combattant l'orgueil et la rivalité,
Et prévenir le choc des intérêts contraires
    Par le cri de la charité.
Mais dans le siècle en vain ta voix se fait entendre :
Des siècles ses aînés il creuse le sillon ;
Et tu sens de ton cœur la pitié se répandre
    Dans un stérile tourbillon.
Alors, lassé du monde, un voile de tristesse
Descend de plus en plus sur ton front dépouillé,
Et, dans l'isolement de ta morne vieillesse,
    Le doute, hélas ! s'est réveillé.
De dégoût en regret, de crainte en espérance,
Au rivage éternel te voilà parvenu,
Et tu tombes enfin, brisé par la souffrance,
    Dans l'abîme de l'inconnu.

POÉSIE.

Sois de l'humanité le barde et le prophète !
Pour diriger au bien ses généreux élans,

Le temps et la sagesse ont posé, sur ta tête,
    Leur couronne de cheveux blancs.
Reçois de tes vertus la noble récompense;
Entends de ton pays la louange et les vœux,
Et veille encor sur lui comme une providence,
    Dans ton repos majestueux!
Mais les bruits de la terre, où se mêlait ta vie,
Pour toi, de jour en jour, vont en s'affaiblissant
Devant les saints concerts du ciel qui te convie,
    Ainsi qu'on rappelle un absent.
Et tu t'endors, le soir, ta mission remplie,
Pour l'éternel réveil des royaumes de Dieu,
Laissant aux bras aimés ton manteau, comme Élie
    S'élevant sur son char de feu !

EN DEUIL

A MADEMOISELLE ***.

Des roses que mai fait éclore
L'année a dépouillé son front ;
La plaine, que la moisson dore,
De la faux a subi l'affront :
Et, trompant notre confiance,
Ni le frais printemps, ni l'été
N'ont ramené votre présence
Dans notre séjour attristé.

Cherchant des aspects plus sauvages
Et de plus vastes horizons
Que les dômes de nos ombrages
Et les tapis de nos gazons,
Respiriez-vous l'air des montagnes,
Ou, sur le rivage plus cher
De Normandie et des Bretagnes,
Les grandes brises de la mer ?

Tandis que, dans la solitude
Où de vous revoir tour à tour
Nous avions la douce habitude,
Nous désirions votre retour;
Et que, sous l'ogive modeste
Où nous faisions des vœux pour vous,
De l'espoir épuisant le reste,
Nous vous cherchions auprès de nous.

Mais, avec les fleurs de l'automne,
Qui nous regardent tristement,
Avec la feuille monotone
Qui se détache lentement
Vous revenez, non plus joyeuse
Dans vos parures d'autrefois,
Mais pareille à la scabieuse,
Et du chagrin portant le poids.

Ah! c'est qu'une perte cruelle
Vous faisait un triste devoir;
C'est que vous venez pleurer celle
Que vous ne deviez plus revoir!
Et l'heure des adieux suprêmes,
Qui laisse au cœur tant de regrets,
A remplacé par ses emblèmes
Votre couronne de bluets.

Après les larmes qui soulagent,
Que vos souvenirs adoucis
De leurs voiles noirs se dégagent,
En séchant vos yeux obscurcis !
Que des affections nouvelles
Viennent bientôt vous consoler
Et, vous protégeant de leurs ailes,
Par le bonheur se révéler !

Puis, ailleurs que sur cette terre
Où toujours l'ennui suit nos pas,
Sans doute il est, sous un mystère
Qu'il vaut mieux croire, n'est-ce pas ?
Des sphères qu'on n'a pas nommées
Où, d'éternelles fleurs au front,
Les âmes, qui se sont aimées,
Dans l'amour se retrouveront.

A UNE INFIRME.

L'âme que rien n'a déflorée,
Que le malheur oublie encor,
Des hauteurs de son empyrée
Voit, à travers des rayons d'or,
La nature à peine effleurée.

Dans l'azur qui blesse nos yeux
Son regard suit l'astre qui passe
Et réfléchit l'éclat des cieux;
Les bruits, qui flottent dans l'espace,
Frappent son timbre harmonieux.

Elle chante, dans sa richesse,
Le soleil, les oiseaux, les fleurs;
De l'air, l'odorante caresse;
Du printemps les fraîches couleurs;
La poésie et la jeunesse;

De la beauté l'heureux pouvoir ;
L'attrait d'un cœur que l'on devine
A la place où l'on vient s'asseoir ;
Et, sous les berceaux d'aubépine,
Les doux projets formés, le soir.

Puis, quand elle sort de son rêve,
Au choc de la réalité,
Si cette âme, triste comme Ève
Au seuil du jardin regretté,
De sa chute, un jour, se relève ;

Elle trompe, par le plaisir,
Par l'ambition et la gloire,
Du bonheur son noble désir ;
Ne pouvant plus aimer ni croire,
Dans l'or elle veut s'endurcir.

Mais l'âme à vibrer toujours prête,
Et que la douleur attendrit,
Préférant, loin de toute fête,
Ce qui pleure à ce qui sourit,
Devant l'infortune s'arrête.

Faible comme eux, elle est la sœur
De ceux qui souffrent en silence,

Et voudrait, comme le Sauveur,
Les consoler par l'espérance
Et rendre la paix à leur cœur.

Elle voudrait, dans sa tendresse
Dont la source ne peut tarir,
Prenant le poids qui les oppresse,
Pour eux être seule à souffrir,
Et du ciel leur laisser l'ivresse.

Ainsi, dans le temple, à l'écart,
Quand je vous vois, jeune affligée,
Redire, avec un saint regard,
Votre prière prolongée
Entre l'infirme et le vieillard ;

A ce modeste voisinage,
A vos gestes humiliés,
Au calme de votre visage,
Je comprends que vous oubliez
La croix qui vous vint en partage ;

Et que, dans l'élan généreux
Qui vous fait trouver tant de charmes
A soulager les malheureux,

Si vous laissez couler vos larmes,
C'est bien moins pour vous que pour eux.

D'ailleurs, une voix solitaire,
Qui d'en haut semblait s'abaisser,
Vient de me dire, avec mystère,
Qu'un ange pouvait se blesser,
Lorsqu'il descendait sur la terre.

Voilà pourquoi, pure et sans fiel
Vous passez parmi nous, instruite
Que, du monde matériel
Où la pitié vous a conduite,
Vous devez retourner au ciel.

CAIN.

Qu'il soit maudit celui qui, le premier sur terre,
Osa tremper ses mains dans le sang de son frère,
Et, de l'humanité foulant aux pieds les lois,
De la fatale mort vint s'arroger les droits !
Par son impiété prévenant la nature,
Il montra pour toujours à la race future
Que sur un être humain l'homme pouvait avoir,
Dans son égarement, ce terrible pouvoir.
Maudit encor celui qui, par sa convoitise,
Voulut voir à son bras une terre soumise,
Conduisit au combat les premiers bataillons,
En théâtre sanglant transforma les sillons,
Et dit à ses pareils courbés sous ses entraves :
« Je suis plus fort que vous ; vous serez mes esclaves ! »
Ivre de sa puissance, en vain l'usurpateur
Crut ainsi se donner un titre à la grandeur ;
En vain, dans son orgueil illustrant sa mémoire,
Il couvrit son forfait du manteau de la gloire :
Il doit être flétri d'un surnom mérité ;

Car son triomphe apprit à la postérité
Qu'on pouvait, sans remords, à la foule asservie
Prendre la liberté plus chère que la vie,
Et que les rois, jaloux du nom de conquérants,
Souvent de leurs voisins, deviendraient les tyrans.
Retournez ces feuillets qu'on appelle l'histoire :
Que de maux, que de pleurs après chaque victoire,
Et que de fois, hélas ! l'ambition d'un seul
A sur la liberté rejeté le linceul !
Les peuples, de tous temps, naissent pour se détruire,
Et de ses propres mains chacun d'eux se déchire.
Partout c'est la vengeance ou la rivalité,
La ruine, le meurtre et la captivité !

Éclairé cependant au foyer de son âme,
Qui devait l'échauffer doucement de sa flamme,
L'homme seul, embrassant un plus large horizon,
Avait, pour le guider, son cœur et sa raison.
Quelle sombre puissance à l'amour étrangère
A donc pu lui souffler la discorde et la guerre,
Agiter son esprit d'insatiables désirs,
Et pour unique loi lui montrer ses plaisirs ?
Il ne sentait donc pas, dans ses vœux téméraires,
Qu'il faut comme soi-même aimer, servir ses frères,
Et qu'en les subjuguant, privé de leur appui,
Le fer, dont il s'armait, se tournait contre lui ?

Sur un globe imparfait, chétive créature,
N'avait-il pas assez des maux de la nature?
Au lieu de se liguer contre tant de fléaux,
Fallait-il que son bras en cherchât de nouveaux?
Devait-il pour sa haine et pour sa tyrannie,
A la destruction prodiguer son génie,
Et, traînant la douleur et la mort sur ses pas,
Convertir en enfer son séjour ici-bas?

Quoi! sous leur poids trop lourd sont tombés les empires;
Le glaive a décimé les nations martyres;
Le destin dépeuplant et la terre et les cieux,
A cent fois renversé les héros et les dieux;
A chaque pas du temps ont croulé les systèmes,
Pour faire toujours place à de nouveaux problèmes;
Au milieu des débris les siècles ont marché;
Les sages ont écrit, et le Christ a prêché:
Et d'un jour plus tranquille à peine on voit l'aurore;
Partout le sol frémit, et le sang coule encore!
Des peuples asservis par un joug étranger,
Regardant l'avenir sans se décourager,
Attendent, en priant, que l'orage qui gronde
Ressuscite leur nom sur la carte du monde.
D'autres, chassant les rois perdus dans l'ouragan,
Des révolutions réveillent le volcan.
Plus loin, celui-là veut, dans sa fierté sauvage,

La liberté pour lui, pour les noirs l'esclavage,
Et présente, en spectacle au monde qui le plaint,
La lutte fratricide où sa gloire s'éteint.
Ainsi l'on voit toujours l'humaine imprévoyance
Abuser du pouvoir et de l'indépendance ;
Ainsi derrière nous l'exemple du passé,
A chacun de nos pas, devait être effacé.
Dans ce cercle de fer devons-nous donc sans cesse
Marcher, sans que le but jamais nous apparaisse,
Et sans qu'un jour enfin l'universelle paix
Sur les mortels unis répande ses bienfaits ?

Princes, détrompez-vous ! Il n'est plus temps de croire
Que par l'oppression vous gagnerez la gloire.
De chaque peuple il faut reconnaître les droits ;
Et leur suffrage seul peut consacrer les rois.
Pour le progrès du bien formez des alliances ;
Rendez heureux les cœurs, libres les consciences !
De la lumière enfin le moment est venu :
Du Christ il faut chercher le verbe méconnu,
Et, pour rendre sa force à la foi retrempée,
Séparer pour toujours la tiare et l'épée.
Par la fraternité, peuples, soutenez-vous !
Ne soyez plus rivaux, ne soyez plus jaloux !
Que le fleuve ou les monts, qui marquent vos frontières,
Pour unir vos élans, abaissent leurs barrières !

En différents états si le sort vous a mis,
Faut-il donc vous haïr et rester ennemis?
D'ambitieux tribuns craignez les flatteries,
Des esprits novateurs les fausses théories,
Et n'allez pas, en vain rêvant l'égalité,
Par de honteux excès trahir la liberté !

Et nous tous, enfants nés d'une même famille,
Ne désirons jamais, pour un vain nom qui brille,
Et pour donner pâture à nos ambitions,
Voir éclater la guerre entre les nations !
Pour adoucir un peu cet exil où nous sommes,
Ainsi que des amis regardons tous les hommes !
Inspirons, en donnant l'exemple et la leçon,
Le travail dans les champs, la paix dans la maison !
Protégeons la faiblesse, éclairons l'ignorance,
Mais en laissant toujours son voile à l'innocence !
Que surtout le génie, ange consolateur,
Soit bienfaisant pour tous et jamais corrupteur !
A chercher le besoin que notre main s'empresse,
Pour que, moins envieux le pauvre, en sa détresse,
D'un sort trop inégal supporte mieux le poids !
N'opprimons pas Abel; de peur que cette voix,
A laquelle ici-bas nul ne peut se soustraire,
Ne nous dise : « Caïn, qu'as-tu fait de ton frère ? »

LE RÊVE DU POËTE.

Hélas ! pourquoi faut-il qu'une flamme plus vive
Ici-bas du poëte éclaire le séjour,
Pour que dans la douleur le songe se poursuive
Et bien souvent pour lui s'éteigne sans retour ?

Et d'abord, au printemps, c'est la vierge naïve,
C'est l'extase et la foi d'un éternel amour ;
La gloire dont l'éclat plus longtemps le captive,
Sans fatiguer son cœur mieux épris chaque jour.

Lorsque l'âge l'amène à des vœux plus sévères,
Il rêve, dans ses chants, le bonheur de ses frères
Et soulage son âme avec la charité.

Enfin, quand de ses vers les derniers vont éclore,
Détrompé de la terre, au ciel il croit encore
Trouver la poésie et l'immortalité.

ÉVA.

Dans ce siècle où de l'or la fièvre nous consume,
Où d'un luxe effréné la passion s'allume
      Au fond de tous les cœurs ;
Quand les désirs sans fin qui renaissent d'eux-même,
Des petits jusqu'aux grands semblent là loi suprême
      Et règnent en vainqueurs ;

Après tous ces hasards dont la soif nous entraîne,
Après notre fatigue, au sortir de l'arène
      Où l'on a combattu ;
Qui doit de la maison nous ouvrir le portique
Et, pour nous rattacher au foyer domestique,
      L'orner par la vertu ?

Des passions en nous qui doit calmer l'orage ;
Dans nos déceptions nous rendre le courage
      Et la sérénité ;
De l'espoir en notre âme entretenir la fête ;
Inspirer le génie à l'artiste, au poëte,
      A tous la charité ?

Qui doit, de l'avenir éclairant la carrière,
Opposer, dans nos vœux, l'esprit à la matière,
    L'idéal au réel,
Le devoir au plaisir, l'amour à la science,
L'indulgence à l'envie, au doute la croyance,
    A la terre le ciel?

De nos jours embellis c'est la consolatrice;
La main qui de nos maux ferme la cicatrice,
    Un ange près de nous;
C'est la femme, c'est Ève : âme de la famille;
Éternel dévouement : la mère après la fille,
    En passant par l'époux!

L'ALOUETTE.

Vive alouette,
Jeune follette,
Puorquoi monter, monter dans l'air
Où se répète
Ta chansonnette
Si gracieuse après l'hiver ?

Dans ta chimère,
Pauvre éphémère,
Près du soleil tu veux voler ;
Et sa lumière
A ta paupière
Peut sans péril se dévoiler.

Mais quand ton aile
Toujours fidèle
Veut retrouver l'astre ton roi ;

En vain ton zèle
Se renouvelle ;
Il est toujours trop haut pour toi.

Et de la sphère
Qui t'est si chère
Quand tu gravis les échelons,
De ta carrière
Trop téméraire
Tu retombes dans les sillons.

Là, ma pauvrette,
Souvent te guette
De l'oiseleur le gai miroir
Où se reflète
Trop indiscrète
Cette flamme que tu veux voir.

Pour ta ruine
Il te fascine ;
Tu t'approches et le réseau
Qu'on te destine
Sur toi s'incline,
Et c'en est fait du pauvre oiseau !

Ainsi, jeunesse,
Dans ta noblesse,
Si tu montes vers l'infini,
De ton ivresse
Enchanteresse
Ton cœur, hélas ! sera puni.

Car cette idole,
Dont l'auréole
T'attire au ciel et t'éblouit,
Trop haut s'isole ;
Et, sans boussole,
Ton fol espoir s'évanouit.

Si ton courage
Sort du naufrage ;
Du monde alors l'éclat trompeur
Par son mirage
De loin t'engage
Et te séduit pour ton malheur !

LA FRANCE DANS L'EXTRÊME ORIENT.

Berceau du genre humain, resplendissante Asie;
Monde des souvenirs et des enchantements,
Qui nous donnas les fleurs, les arts, la poésie
    Nés sous tes cieux cléments;
Terre d'où s'épancha la vie et la lumière;
Des fables et des lois foyer mystérieux;
Orient aux fruits d'or, féconde pépinière
    De sages et de dieux!

Que nous avons aimé tes campagnes vermeilles,
Tes forêts, tes cités aux magiques palais
Renfermant le trésor des lointaines merveilles
    Que tu nous révélais;
Et les chœurs des péris, les jeux des bayadères;
Sultanes et guerriers sur les hauts éléphants;
Les palanquins de soie aux dos des dromadaires,
    Dans nos rêves d'enfants!

Mais, avec l'âge, au conte a succédé l'histoire.
Adieu l'illusion pour notre œil attristé !
Après tant de témoins, il a bien fallu croire
    A la réalité.
Depuis, nous gémissons sur toi, plaintive Asie ;
Nous voyons ta beauté, mais nous voyons tes pleurs ;
Nous sentons le poison caché sous l'ambroisie
    Dans ta coupe de fleurs.

Au milieu des parfums de tes plantes étranges,
Soudain bondit le tigre et rampe le serpent ;
La moustique altérée, en nocturnes phalanges,
    Sous l'azur se répand.
La mer, sur ce rivage où se brûlaient les veuves,
En monstres est fertile ; ici l'alligator
Nage attendant sa proie, aux bords de tes beaux fleuves
    Dont les flots roulent l'or.

Mais les hommes, hélas ! bien plus que la nature,
Multipliant sur toi l'opprobre et les tourments,
Ont bientôt arraché de ta noble ceinture
    Perles et diamants.
Pour combler leurs désirs, pour nourrir leur mollesse,
Ils ont meurtri ton sein dans sa fécondité,
Et n'ont voulu tirer de lui que leur ivresse
    Et que leur volupté,

N'était-ce pas assez de tes antiques maîtres
Dont le sceptre de fer n'a su que t'outrager ?
Te fallait-il passer, par les complots des traîtres,
     Sous un joug étranger !
Et l'Europe ta sœur (mais ce n'est pas la France)
Au lieu de s'émouvoir au récit de tes maux,
Devait-elle, insensible à ta longue souffrance,
     Te fournir des bourreaux ?

Ligués avec les rois qu'ils ont faits leurs esclaves,
Ils veulent t'endormir par l'opium enivrant,
Afin de mieux river à tes bras les entraves
     En te déshonorant.
Si de la liberté la dévorante flamme
Veut, sous l'oppression, s'échapper de ton flanc ;
Ils sauront, ces vainqueurs que ta richesse affame,
     L'éteindre dans ton sang.

Ils te diront : « L'on est à l'étroit dans notre île ;
Nous sommes tourmentés d'insatiables désirs :
Ouvre-nous les trésors dont la soif nous exile,
     Et sers à nos plaisirs !
Éloigne de ton cœur la vengeance et la haine
Qui ne te renverraient qu'un inutile affront !
N'avons-nous pas laissé la couronne de reine
     Attachée à ton front ?

Reste-nous donc fidèle, et souffre qu'on t'adore ;
Souris, dans tes atours, à tes fiers conquérants !
Tes prêtres, tes nababs n'étaient-ils pas encore
       De plus cruels tyrans ?
Renouvelle toujours tes printemps sans alarmes !
Les soucis du pouvoir profanent la beauté.
L'appui de notre bras protégera tes charmes
       Mieux que sa liberté. »

      Mais de ces limites extrêmes,
      Que nous voyons confusément,
      Nous arrive, avec des blasphèmes,
      Un immense gémissement.
      De tout un peuple c'est la plainte,
      Peuple vieillard et peuple enfant
      Encore engourdi par la crainte,
      Courbé sous un joug étouffant :
      Par ses bras sa terre embellie
      Ne suffit plus à le nourrir ;
      Et toujours il se multiplie,
      Pour se condamner à mourir.
      C'est la voix de l'homme victime
      D'une cupidité sans frein,
      Qu'un absolu pouvoir opprime
      Sous le bâton d'un mandarin.
      C'est le long soupir de la femme

Jouet de la corruption,
Qu'enfant une torture infâme
Dévoue à la réclusion,
Et dont le cœur, qu'on dénature,
Dans le néant reste plongé,
Tandis qu'on lui jette en pâture
L'affront d'un amour partagé.
C'est le cantique de l'apôtre
Souriant au sein des tourments :
Car il sait que bientôt un autre
Renaîtra de ses ossements.
C'est, aux bords fleuris des rivières,
Le dernier cri des nouveau-nés
Dont on voit, parmi les rizières,
Les cadavres abandonnés !
Échos de toutes les misères
Frappant aux cœurs qui les entend,
Qu'un souffle, passant sur les terres,
Semble pousser vers l'Occident,
Pour nous dire : « Race chrétienne,
Peuples forts par votre union ;
Que votre esprit se ressouvienne
De votre sainte mission !
De Sem les rejetons sans nombre,
Qui les premiers virent le jour,
Languissent aujourd'hui dans l'ombre :

9.

Éclairez-les à votre tour !
A ces nations décrépites
Portez jeunesse et charité;
Élargissez-leur les limites
De leur longue immobilité !
Protégez vos missionnaires
Qui font pénétrer en tout lieu,
Chez ces aveugles sanguinaires,
La morale de votre Dieu !
Pour vous engager à les suivre,
Ils vous font signe de la main ;
Vers ce pays qu'ils font revivre,
Leur sang vous montre le chemin. »

Oui, mais de son côté l'Europe a ses alarmes;
Dans sa veille inquiète elle fourbit ses armes;
Remplace, à chaque pas, ses cultes et ses lois;
Sent trembler les états, et voit tomber les rois;
Flottant, aux feux changeants du fanal qui l'éclaire,
Du sceptre monarchique au sceptre populaire,
Entre ce double écueil, rarement évité,
De l'ancien despotisme et de la liberté.
A ce mot qui des cœurs fait tressaillir la fibre,
Nous rêvons des pouvoirs un nouvel équilibre;
Nous croyons consacrer un nom, symbole humain
Qu'un autre nom peut-être éclipsera demain.

Aux efforts des partis, que rien ne décourage,
Nous opposons enfin l'universel suffrage,
Incertains que ce droit, si longtemps redouté,
Puisse vers le bonheur guider l'humanité.

Puis, nous avons aussi nos crimes, nos misères :
Le paupérisme affreux nous étreint dans ses serres.
Nous avons nos vieillards sans pain, nos insensés,
Nos mères sans appui, nos enfants délaissés;
Nous avons nos fléaux. La fratricide guerre,
Qui brise l'union dans un autre hémisphère,
Et dont le contre-coup se fait sentir ailleurs,
Va frapper bien des bras parmi nos travailleurs.
Sans cesse tourmentés par ces tristes problèmes,
Les yeux sur l'avenir, aurons-nous pour nous-mêmes
Assez de dévouement, d'amour et de pitié,
Et du grand continent la plus jeune moitié,
Unissant la sagesse à la force féconde,
Saura-t-elle rester à la tête du monde?

N'importe, a dit la France, en Chine ! Il faut partir !
Nos vaisseaux sont armés pour faire repentir
De tant de cruauté, de tant de perfidie
Ce peuple dont la foi n'est qu'une comédie. —
Mais si l'on attendait que l'isthme, ouvrant son sein,
Creuse un chemin plus court pour un si grand dessein?

— Attendre ! quand l'affront sans cesse recommence, .
Quand le sang fume encore et demande vengeance !
Aux soldats patients, aux soldats matelots
Qu'importe la distance, et qu'importent les flots ?
Moins le but est prochain, plus brillante est la gloire.
Ces orgueilleux d'ailleurs ne pourraient-ils pas croire
Que dans leur vaste empire ils sont trop loin de nous
Pour voir nos bataillons et pour sentir nos coups ? —
Et si l'événement trompait votre espérance ?
Ils sont mille contre un.— Est-ce trop pour la France ?
Et, lorsqu'à l'étranger son nom est compromis,
A-t-elle donc jamais compté ses ennemis ? —
Eh bien ! Partez alors, vainqueurs de la Crimée,
D'Afrique et d'Italie incomparable armée !
A votre mission vous ne faillirez pas !
Vos récents souvenirs et les futurs combats
Dont, chaque jour, le rêve à vos exploits s'ajoute,
De deux grands océans vous abrégent la route.
Et voyez-vous ces ports, ces champs si cultivés,
Ces pagodes, ces tours ? Vous êtes arrivés !
C'est l'état du Milieu, c'est l'empire céleste,
Surnom contre lequel votre succès proteste.
Plus loin voilà ces murs si longtemps inconnus,
Où les drapeaux français n'étaient jamais venus !
Ils perdent leur prestige et n'ont plus de mystère;
Ils vous livrent enfin ce peuple solitaire

S'étonnant, malgré lui, de voir dans son vainqueur
Tant de mansuétude avec tant de vigueur.
Oui, frappez ces esprits plus faibles que barbares!
Soldats chrétiens, montrez que vous êtes avares
De désastre et de sang! En le voyant tarir,
Qu'ils vous sentent armés, non pour les conquérir,
Mais pour les faire entrer, malgré leur défiance,
Dans les rangs entr'ouverts de la grande alliance!
A ces frères nouveaux prouvons, en les aimant,
Que nous avons pitié de leur égarement,
Et que, pour nous gagner des ennemis parjures,
Nous semons des bienfaits en vengeant nos injures!
De leurs lois essayons d'adoucir les rigueurs!
Que notre exemple dise, en entraînant les cœurs,
Que la morale seule, unie à la croyance,
Peut dans le vrai progrès diriger la science!
Ne pénétrons chez eux que pour les délivrer,
Pour les rendre meilleurs et les régénérer!
Ne ternissons jamais cette page d'histoire!
Et que, dans l'avenir, ces grands noms de victoire :
Palikao, Pékin, répétés en tous lieux,
Soient pour nous des noms purs autant que glorieux!

France, de l'Orient tu fus toujours la fille!
Ta valeur bien des fois secoua son sommeil;
Et depuis huit cents ans ta renommée y brille,

Comme un soleil sans tache auprès de son soleil.
Toujours vers ces malheurs quelque chose t'attire.
La première tu veux, sans craindre les ingrats,
Protéger de ton fer la nation martyre
    Qui pleure en te tendant les bras.

Nous te voyons jadis inspirer de ton âme
Et guider, par ta voix, la croisade au saint lieu,
Espérant pour jamais couvrir de l'oriflamme
Les chrétiens opprimés au tombeau de leur Dieu ;
Tandis que, sous le sceau d'un double caractère,
Tu laissais, sur un roc, debout tes chevaliers
Opposant un rempart aux coups du cimeterre,
    Comme de vivants boucliers.

Et, des siècles plus tard, après des jours néfastes,
Tes enfants non moins grands, quoique nés sans blason,
Vont chercher, vers le Nil, de sublimes contrastes
Aux souillures du crime et de la trahison
Ils frappent de ton nom l'écho des pyramides
Où leur chef inquiet semble, dans son ennui,
Venir interroger, sur ses vœux moins timides,
    Le sphinx étendu devant lui.

Mais, du côté d'Athène, un cri se fait entendre :
C'est l'Hellénie esclave et qu'on veut égorger !

Oh ! qui pourrait la voir mourir sans la défendre ?
A qui donc cet appel serait-il étranger ?
Levons-nous ! as-tu dit. La Grèce est notre mère.
Aux fureurs des bourreaux mettons un dernier frein !
Et ton canon noyait leur triomphe éphémère
   Sous les vagues de Navarin.

Hier, c'étaient, hélas ! nos frères de Syrie,
Poétiques gardiens des cèdres du Liban ;
A qui le même Dieu fait la même patrie,
Et qu'avait décimés le sabre musulman.
Ce sang pur, qu'on versait, remua tes entrailles :
Il fallait arracher leur proie aux meurtriers ;
Et tu mis les débris de tant de funérailles
   Sous la garde de tes guerriers.

Et, près de là, quelle est la pacifique armée
Qui s'empare à l'envi du sol des Pharaons ?
Que l'Europe, à ce bruit, ne soit point alarmée !
Pour les peuples jaloux cette œuvre est sans affronts.
Nous ne semons notre or que pour les nobles causes.
Car c'est encor à nous qu'on devra ce succès ;
Et celui qui préside à ces métamorphoses,
   Lesseps n'est-il pas un Français ?

Par cette route plus rapide
Et par d'autres, sans doute, un jour,
Que la lumière qui nous guide,
Réveille la Chine à son tour,
Et couvre de lueurs nouvelles
Ces nations qui, du passé
Faisant un rempart autour d'elles,
Creusent le sillon commencé,
Sans voir que le temps, dans sa fuite,
Ne nous laisse que des leçons;
Et que la récolte produite
Doit féconder d'autres moissons!

Levez-vous, pauvres multitudes!
Brisez les murs de vos prisons!
A vos antiques habitudes
Ouvrez de nouveaux horizons!
Ne soyez plus infanticides!
Mais répandez-vous au dehors!
Sur la terre il est bien des vides
Qui répondront à vos efforts;
Et bientôt la mère patrie
Verra revenir triomphants,
Sous les dons de leur industrie,
Les navires de ses enfants.

Prêtez l'oreille à l'Évangile
Qui sera votre bienfaiteur !
Brisez l'idole aux pieds d'argile
Que vous offre un bonze imposteur !
Sous votre ciel qui s'illumine,
Que la morale de Jésus
Ajoute sa flamme divine
Aux préceptes de Confucius !
Croyons-en la croix qui s'élève
Sur l'Orient ressuscité :
On verra le règne du glaive
Tomber devant la charité !
Et ce monde où l'homme fourmille,
Et le nôtre plus rayonnant
Ne nourriront qu'une famille,
Comme ils ne font qu'un continent !

CONSOLATION

A MADAME ···.

Que l'œillet, que la marguerite,
Que le lis au front orgueilleux
Se brisent au vent qui s'irrite,
Quand l'orage trouble les cieux,

C'est le sort de ce qui s'élève
Au-dessus de l'herbe des champs,
Et de celui qui, dans son rêve,
Cède à d'ambitieux penchants.

Mais la modeste violette,
A l'aspect, au parfum si doux,
Devrait-elle, dans sa retraite,
Du ciel éprouver le courroux ?

Par le printemps favorisée,
Devrait-elle avoir d'autres pleurs
Que les gouttes de la rosée
Qui fait revivre ses couleurs ?

Confiante et naïve encore,
Ah ! pauvre femme, pauvre fleur !
Qu'aviez-vous fait, venant d'éclore,
Pour connaître ainsi le malheur ?

Pour voir en un instant détruire
Vos songes de félicité ;
Pour sentir manquer le sourire
A votre cœur désenchanté ?

Et quelle fut votre souffrance,
Quand le sommeil fuyait vos yeux,
Quand sur votre âme en défaillance
Planait le mal victorieux !

Ébloui de lueurs étranges,
La nuit, votre esprit se troublait ;
Vous avez cru qu'avec ses anges,
Plusieurs fois, Dieu vous rappelait.

Mais, sur cette terre opprimée,
Nous sommes bien forts pour souffrir.
De tous vous êtes trop aimée
Et bien trop jeune pour mourir !

Vous avez un père, une mère
Qui pour vous ont pleuré, prié,
Et qui de votre peine amère
Ont, chaque jour, pris la moitié ;

Puis l'affection imprévue
Et les vœux d'amis ignorés :
Ce sont tous ceux qui vous ont vue
Et que vos pleurs ont inspirés.

Vivez pour tout ce qui vous aime !
De votre printemps prenez soin !
De fleurs encor qu'il se parsème !
Pour vos jours l'hiver est si loin !

Voyez ! le soleil, cette année,
Pour vous semble se rallumer.
Levez votre tête inclinée ;
Laissez votre œil se ranimer !

Des miracles de la nature
Cherchez, admirez les splendeurs;
Des jardins suivez la culture;
Des bois aspirez les senteurs!

Aimez les arts : ils sont fidèles
A ceux qui sentent leurs beautés,
Et nous révèlent des modèles
Plus purs que nos réalités.

Attendri par votre infortune,
Que votre cœur soit généreux !
Adoucissez la loi commune,
Heureuse en faisant des heureux !

Après la foi, votre défense,
Gardez, avec un soin jaloux,
La poésie et l'espérance
Deux sœurs veillant auprès de vous!

A MA FILLE.

Le jour baisse et pâlit ; pour moi l'hiver s'avance.
Sous la neige des ans pourrai-je encor chanter ?
Avec le poids qu'impose à mon front la souffrance
    Pourrai-je encor lutter ?

A mon matin, la muse un instant apparue,
Avait semblé vouloir adoucir mon malheur,
En abaissant sur moi sa main que j'avais crue
    Sensible à ma douleur.

Mais, se laissant aller à son aile inconstante,
La cruelle bientôt loin de moi s'envola ;
Et ma voix, s'éteignant dans une longue attente,
    En vain la rappela.

Puis, au soir de ma vie, après trente ans d'absence,
Pour me sourire enfin je la vois revenir,
Lorsque pour mes efforts qu'a trompés l'espérance
    Il n'est plus d'avenir.

Si ce dernier réveil doit être une chimère ;
Si, chassé de nouveau par le mal renaissant,
Ce rayon n'est pour moi que l'éclat éphémère
            D'un astre qui descend ;

Succédant à ma voix, que la tienne, ô ma fille,
Éveille dans les cœurs de plus tendres échos !
Que tes vers soient toujours les chants de la famille,
            Dans l'innocence éclos !

Et, si l'esprit d'un ange inspire tes prières,
Que ce soit la pitié plutôt que les douleurs !
En trouvant des accents pour toutes les misères,
            N'en verse pas les pleurs !

Sous un ciel toujours pur que ton rosier boutonne !
Qu'il garde sa fraîcheur, à l'abri des autans !
Laisse s'épanouir, après mes fleurs d'automne,
            Les fleurs de ton printemps.

FIN.

TABLE.

www.ingramcontent.com/pod-product-compliance
Lightning Source LLC
Chambersburg PA
CBHW070905030726
47504CB00005B/1466